# 納尼亞傳奇

## 魔法師的外甥

The Magician's Nephew

C.S.路易斯——著

彭倩文——譯

# 《納尼亞傳奇》是你永遠的朋友！

每一個小孩，與每一個心智仍舊年輕的大人都應該讀 C.S. 路易斯聞名於世、深受兒童喜愛的這部經典之作——《納尼亞傳奇》。我個人深感榮幸，也極欣喜向各位介紹這套《納尼亞傳奇》。書中會說話的動物、邪惡的魔龍、魔咒，國王、皇后、與王國陷在危險之中，矮人、巨人、和魔戒將帶領你進入不同的世界——就是納尼亞王國的世界。

經由神奇的魔衣櫥，進入了納尼亞王國，一個動物會說話、樹木會歌唱、人類與黑暗勢力爭戰的地方。與故事主角彼得、蘇珊、愛德蒙和露西做朋友，一同看他們是如何作生命中重大的決定，從小孩成長為王國裡的國王與皇后。認識全世界最仁慈、最有智慧、也最友善的獅子——亞斯藍，他是犧牲奉獻愛的化身，也希望成為你的朋友。

《納尼亞傳奇》系列叢書將對你的生命產生積極正面的影響，字裡行間充滿了智慧、溫馨與刺激，主題涵蓋了愛、權力、貪婪、驕傲、抱負與希望。書中描寫了善惡之爭，並為世界中所常見的邪惡提供了另一個道德出路。這套書不單是給兒童看的，也適合大人閱讀，而且值得一讀再讀，細細品味。這些書不僅會喚醒你的道德想像力，也將帶給你許多年的樂趣，我鄭重向您推薦《納尼亞傳奇》。

快加入這個旅程吧！一同來探索魔衣櫥裡的世界！我希望你會和我一樣喜愛這套書。

彭蒙惠

《空中英語教室》及救世傳播協會創辦人

Every child and every person who is young in heart should read C.S.(Clive Staples) Lewis?famous and beloved childrenís classics, The Chronicles of Narnia. With great pleasure and delight I introduce you to The Chronicles of Narnia. Talking animals, wicked dragons, magic spells; kings, queens and kingdoms in danger; dwarfs, giants, and magic rings that will whisk you to different worlds--this is the world of Narnia.

Journey through the magical wardrobe into the land of Narnia, a place where animals talk, trees sing, and humans battle with the forces of darkness. Become friends with Peter, Susan, Edmund, and Lucy as they make hard choices about life and mature from children into kings and queens. Meet Aslan, the kindest, wisest and friendlies lion in the world, the figure of sacrificial love, who also wants to become your friend.

The Chronicles of Narnia will make a posititve influence on your life. Witty, heartwarming, and exciting, they deal themes such as love, power, greed, pride, ambition, and hope. They portray the battle between good and evil and offer moral alternatives to the evil that is so often present in this world. These books are not just for children, but for adults as well. Read them, savor them, and then reread them again. These books will awaken your moral imagination as well as bring you many years of pleasure. I strongly recommend The Chronicles of Narnia.

Embark on this journey--discover the wardrobe.
I hope you will enjoy them as much as I have.

Most Warmly,

Doris Brougham

*Dr.Doris Brougham*
*Founder/International Director*
*Overseas Radio and Television Inc./ Studio Classroom*

當你對某種非常渴望的事物開始懷抱希望時，
你心裡是什麼樣的感覺；
你幾乎想要去抗拒這份希望，
因為那實在是太美好了，
美好得令人不敢相信，
而你過去已經失望過太多次了。

目錄 CONTENTS


1 走錯門 009

2 狄哥里和他的舅舅 027

3 界中林 043

4 鐘與錘 059

5 可嘆字 075

6 安德魯舅舅開始惹上麻煩 091

7 大門前的鬧劇 107

8 路燈柱之戰 123
9 創立納尼亞王國 137
10 第一個玩笑與其他事情 153
11 狄哥里與舅舅雙雙遇到困難 169
12 草莓的冒險 185
13 意外的相逢 201
14 植樹 217
15 這個故事的結束與其他所有故事的開始 231

這個故事發生在許久許久以前，那時連你的祖父都還是個孩子。這是一個非常重要的故事，因為它顯示出，我們自己的世界與納尼亞王國之間所有往來互動的最初淵源。

在那個年代，夏洛克．福爾摩斯先生仍然住在貝克街，白家兄弟姊妹依舊在里威罕路上尋找寶藏*。在那個年代，如果你是個男孩子的話，就得每天在脖子上綁個硬邦邦的白色寬領，那時的學校通常都比現在還讓人討厭。不過呢，餐點倒是比現在好一點；甜點更是沒得比，我不打算告訴你，那時的甜點是多麼便宜好吃，那只會讓你白流口水乾瞪眼。而在那個時代，倫敦住著一個名叫波莉．普朗摩的女孩。

她家住的是那種跟隔壁連成一氣的連棟房屋。一天早上，她走到後院，看到一個男孩從隔壁家的院子爬出來，把臉擱在牆上發愣。波莉吃了一驚，以前，她從來沒在這家看過有小孩子，那兒就只有凱特里先生和凱特里小姐兩兄妹，一個老單身漢和一位老小姐相依為命地住在一起。因此她滿心好奇地抬起頭來。那個陌生男孩的臉髒得要命。就算他先用手搓泥巴，接著大哭一場，然後再用沾滿泥巴的手把眼淚擦乾的話，他的臉大概也不會比現在還要髒。事實上，這根本就是他剛才做的事。

「哈囉。」波莉說。

「哈囉，」男孩說，「妳叫什麼名字？」

「波莉，」波莉說，「那你呢？」

「狄哥里。」男孩說。

「我說，這名字還真怪咧！」波莉說。

「再怪也沒有波莉怪。」狄哥里說。

「明明是你比較怪。」波莉說。

「妳更怪。」狄哥里說。

---

＊典出E. Nesbit的The Stories of Treasure Seekers系列，描述白家五小因家貧而用魔杖尋找寶藏的故事，在台灣有《尋寶奇謀》等譯本。

「至少我有把臉洗乾淨呀，」波莉說，「你真該去洗把臉；你剛才不是才——」然後她突然閉上嘴。她本來是想說「不是才大哭了一場」，但她覺得這麼說好像不太禮貌。

「好，我是哭了怎麼樣，」狄哥里大大提高了嗓門，好像已經難過到，就算被別人發現他哭過了也無所謂，「換成是妳的話，妳也會哭的，」他繼續說下去，「想想看，要是妳一直住在鄉下，有匹小馬跟妳作伴，院子旁邊還有條小河，結果卻被帶到這個鬼地方，住在這種討厭的老鼠洞裡。」

「倫敦才不是老鼠洞哩！」波莉忿忿不平地表示。但這個男孩現在情緒激動得很，根本就沒注意到她，只是自顧自地繼續說下去——

「還有，要是妳的父親跑到印度去——而妳不得不過來跟阿姨和發瘋的舅舅住在一起（誰會喜歡跟瘋子住呀？）——原因是妳的母親需要他們照顧——而且，要是妳的母親生了重病，就快要——就快要——死掉了。」接著他的臉就皺了起來，彷彿是在努力憋住不哭似的。

「我剛才什麼都不曉得，真對不起。」波莉低聲下氣地說。她實在不曉得該說些什麼，同時也想換個愉快的話題，讓狄哥里的心情好過一些，於是她問：

「凱特里先生真的發瘋了嗎？」

「這個嘛，他要不是發瘋的話，」狄哥里說，「就是有別的祕密。他在頂樓有間書房，莉蒂阿姨叫我絕不能踏進那裡一步。所以呢，這是第一個疑點。另外還有件怪事。他在吃飯的時候，要是想開口跟我說話——他從來不跟她說話的——她總是要他閉嘴。她會說：『少來煩這個孩子，安德魯。』或是『我確定狄哥里絕不會想要聽**那個**。』要不然就乾脆說：『好了，狄哥里，要不要到院子去玩玩呀？』」

「他到底想說哪一類的事情啊？」

「我不曉得。他從來就沒機會說出來。還有另外一件怪事哩。有天晚上——事實上就是昨晚——我準備上床睡覺，在經過閣樓的樓梯下面時（我實在不太喜歡經過那裡），我很確定我聽到了一聲喊叫。」

「說不定他是把他的瘋老婆關在那裡。」

「沒錯，我也有想到。」

「也說不一定他是在偷偷製造偽幣。」

「他還可能是個海盜哩，就像《**金銀島**》開頭寫的那個人一樣，老是躲起來，免得被以前船上的夥伴找到。」

「真是太刺激了！」波莉說，「我以前都不曉得你們家這麼好玩。」

「妳大概會覺得很好玩啦，」狄哥里說，「但要是妳晚上得在那兒睡覺的話，妳是絕對不會喜歡的啦。要是妳得瞪大眼睛躺在床上，聽著安德魯舅舅的腳步聲，一步步沿著走廊慢慢朝妳的房間走過來，妳會喜歡那種感覺嗎？而且他的眼睛又那麼恐怖。」

波莉和狄哥里就是這樣認識的。由於暑假才剛開始，而他們倆那年都不準備到海邊度假，所以他們幾乎每天都會碰面。

他們會開始冒險，主要是因為他們遇到了多年來最潮濕，也是最寒冷的一個夏季。這逼得他們只能從事室內活動：或者你也可以稱之為，室內探險。你可以拿著一根蠟燭頭，在一棟大房子，或是一整排大房子裡盡情漫遊探險，那實在是太棒了。波莉很久以前就發現她家閣樓的貯藏室裡有一扇小門，打開之後會看到一個水槽，只要小心往前爬一小段距離，就可以到達水槽後方的黑暗空間。這個黑黑的地方就像是一條長長的隧道，一邊是磚牆，另一邊則是傾斜的屋頂。從屋頂的石板瓦縫隙，透進來一小片一小片的陽光。這條隧道並沒有地板，你必須踏著屋椽前進，而椽木之間只有一片軟趴趴的灰泥。所以你要是不小心踏到這兒的話，你就會直接穿越天花板，掉到下面的房間裡去。波莉把水槽後的一小段隧道，改造成走私者的寶窟。她把紙箱啦，廚房破椅上取來的坐墊啦和其他這類東西搬過來廢物利用，把它們搭在椽木中間當作地板。她在這兒放了一個百寶箱，裡面裝著各式各樣心愛的物品、她親筆寫的一個故事，常常還會放幾顆蘋果進去。她經常窩在那裡，靜靜喝一瓶薑汁汽水，加上她喝剩的一堆空汽水瓶，那兒看起來就更像是走私者的洞窟了。

狄哥里是滿喜歡這個洞窟的（不過她死都不肯讓他看她寫的故事），但他更感興趣的是冒險。

「我問妳，」他說，「這條隧道究竟有多長？我的意思是，它是不是到妳家就沒有了？」

「才不呢，」波莉說，「這片牆又不是頂到屋頂。它是一直通往前方。但我也搞不清楚它到底有多長就是了。」

「所以說，我們可以沿著它走完這一整排房子嘍？」

「是可以啦，」波莉說，「喔，天哪！」

「怎麼啦？」

「意思是我們可以**走進**其他的房子裡了。」

「沒錯，而且被別人當小偷抓起來！不，謝了。」

「少在那邊自作聰明。我指的是你家旁邊的那棟房子。」

「那棟房子又怎麼啦？」

「你不曉得嗎？那是棟空屋啊。我爸說，從我們搬到這兒以來，那兒一直都沒人住。」

「我想我們該去探個究竟。」狄哥里說。光聽他的語氣，你絕對想不到他心裡有多麼興奮。因為他就跟你碰到這種情形時的反應一樣，正在納悶這棟房子為何這麼久都沒人住，心裡忍不住開始胡思亂想，猜測各種可能的原因。波莉自然也是一樣。他們都沒說出「鬧鬼」這個字眼，他們兩人都覺得只要一說破，他們就非採取行動不可，要不然就太沒膽了。

「我們要不要現在就去？」狄哥里說。

「可以啊。」波莉說。

「妳要是不想去就算了。」狄哥里說。

「你敢我就奉陪。」她說。

「但要怎樣才曉得，我們已經走到隔壁房子了？」

他們決定先到貯藏室去，以兩根屋椽之間的距離為單位跨步行走，算算看到底要走幾步才能穿越整個房間。這樣他們就可以估計出一個房間總共有幾根椽木。然後他們再多加上四根椽木，算作是波莉家兩個閣樓之間通道的長度，最後再加上跟貯藏室相同數目的椽木，來估量女僕房間的大小。這可以讓他們了解整棟房子究竟有多長。所以他們只要照這個距離走上兩倍，就會走到狄哥里家的盡頭；在這之後，只要找到任何一扇門，他們就可以踏進隔壁空屋的閣樓了。

「我總覺得那絕不會是真的空屋。」狄哥里說。

「那你覺得那兒會有什麼？」

「我猜有個人偷偷住在裡面，到了晚上才會拿個黑漆漆的燈籠溜進溜出。我們說不定會發現一群重刑犯，領到一大筆獎金哩。一棟好好的房子，不會無緣無故空了這麼多年，我看裡面一定藏了些祕密。」

「我爸說，那裡一定是排水系統出了問題。」波莉說。

「呸！他們大人就淨會想些無聊的解釋。」狄哥里說。現在他們不再是窩在走私者洞窟裡，就著陰暗的燭光密商大計，而是在日光充足的閣樓中輕鬆閒聊，因此在感覺上，那棟空屋似乎不太像是會鬧鬼了。

他們測量好閣樓的大小之後，就找了枝鉛筆開始計算。剛開始兩人算出的數目很不一樣，但即使他們後來終於達成共識，我也不太確定他們到底有沒有算對。他們實在太急著想要去探險了。

「我們絕不能發出半點聲音。」他們再度爬到水槽後面時波莉低聲囑咐。這可是件非比尋常的重要大事，所以他們兩人各拿了一根蠟燭（這在波莉的洞穴裡多得是）。

四周黑漆漆的，到處都是灰塵，還透著冷颼颼的涼風，他們默默地從一根椽木踏到下一根椽木，只偶爾輕聲提醒對方「我們現在在**你家**閣樓對面」，或是「應該走到**我們家**中央了」。兩人在途中沒絆過一跤，手裡的蠟燭也不曾熄滅，最後他們終於看到右邊的磚牆上出現一扇小門。從他們這邊看來，上面既沒有門栓也沒有門把，可想而知，這扇門是讓人走出來，不是讓人走進去的；不過上面有個門釦（就像在櫥櫃門內側常見的那一種），他們覺得一定有辦法把它打開。

「要進去嗎？」

「你敢我就奉陪。」波莉的答案跟上次一樣。兩人都感到事情變得非同小可，但都不肯就此打退堂鼓。狄哥里費了一番工夫才把門釦打開。房門應聲敞開，突然湧現的日光，眩得他們連連眨眼。令他們吃驚的是，眼前所看到的並不是廢棄的閣樓，而是擺著家具的房間。但這房間看起來似乎空盪盪的，裡面一片死寂。波莉的好奇心戰勝了一切。她一口吹熄蠟燭，躡手躡腳地踏進那個古怪的房間，發出的聲音不會比一隻老鼠大多少。

這地方的格局看來的確像是間閣樓，卻擺設成起居室的模樣。牆邊排滿了書架，書架上堆滿了書。爐柵裡燒著爐火（別忘了那是個非常濕冷的夏季），壁爐前擺了一張背對著他們的高背扶手椅。在椅子和波莉之間，一張大書桌幾乎占據了房間正中央的大半空間，桌上堆滿了各式各樣的物品——一些書籍、可以記東西在上面的本子、墨水瓶、筆、封蠟和一架顯微鏡。但她最先注意到的，卻是一個擺了不少戒指的鮮紅色木盤。上面的戒指全都是成雙成對的——一只黃戒指和一只綠戒指擺在一塊兒，隔了一小段距離，又有另外一對黃戒指和綠戒指。它們跟普通戒指差不多大，不管是誰都會立刻注意到它們，因為它們實在是太閃亮耀眼了。那是你所能想像最美麗的亮晶晶小玩意兒。要是波莉還是個小小孩的話，她一定會忍不住想抓一個塞進嘴裡。

房間裡非常安靜，可以清楚聽到時鐘滴滴答答的聲響。不過波莉發現，這裡其實也不是真的那麼安靜。她隱約聽到一種微弱——非常非常微弱的——嗡嗡聲。要是那個時代就已經發明出真空吸塵器的話，波莉一定會以為，這聲音是因為遠處——隔了好幾個房間，而且在好幾層樓下面——有人在使用真空吸塵器。不過這聲音好聽多了，就像是一首樂曲；只是聲音太過微弱，所以你很難聽得清楚。

「沒問題的啦——裡面沒人。」波莉回過頭來告訴狄哥里。現在她已不再刻意壓低聲音說話了。於是狄哥里也眨著眼睛踏進房間，他看起來髒得要命——事實上波莉也是一樣。

「不太好吧，」他說，「這根本就不是空屋嘛。我們最好是在被人家發現以前趕快逃走。」

「那是什麼？」波莉指著那些有顏色的戒指問道。

「喔，**拜託**，」狄哥里說，「越快——」

但他這句話還沒有說完，那一刻某件事情發生了。爐火前的高背椅突然動了起來，從椅中冒出了——就像童話劇*中魔鬼從活板門冒出來的情形一樣——模樣嚇人的安德魯舅舅。他們根本就還沒走到空屋；他們現在是在狄哥里家，那間禁止進入的書房裡面！兩個孩子都嚇得「噢——噢——喔」地哇哇大叫，恍然大悟自己犯了多麼可怕的錯誤。他們早該想到，他們根本就走得不夠遠。

安德魯舅舅的個子很高，瘦得只剩一把骨頭。他有張刮得乾乾淨淨長長的馬臉，尖尖的鼻子，一對異常明亮的眼睛和一頭亂蓬蓬的灰髮。

狄哥里嚇得幾乎說不出話來，眼前的安德魯舅舅，看來比以前還要恐怖千倍。波莉剛開始還不怎麼害怕，但沒多久她就知道厲害了。因為安德魯舅舅做的第一件事，就是越過房間走向房門，把門關上，鎖上鑰匙。接著他轉過身來，用他那對亮晶晶的眼睛緊盯著兩個孩子，笑得露出滿嘴利牙。

「你瞧！」他說，「這樣我那個蠢妹妹就沒辦法找到你啦！」

這完全不像是大人會做出的事。波莉的心跳得都快從口裡蹦出來了，她和狄哥里開始往後退向他們剛才走進來的那扇小門。安德魯舅舅的動作比他們快多了。他立刻快步趕到他們後面，把那扇門也關上，並且擋在門前。然後他搓搓手，把指節扳得啪啪響。他有著又白又長的漂亮手指。

「我真高興見到你們，」他說，「我剛好就想要找兩個孩子。」

「求求你，凱特里先生，」波莉說，「快要吃晚飯了，我得趕回家。請你放我們出去好嗎？」

「還不行，」安德魯舅舅說，「我可不能放過這個大好機會。我本來就想要找兩個孩子。我正在進行一個偉大的實驗，懂了吧。我用一隻天竺鼠試過一次，看來好像是挺成功的。但天竺鼠根本沒辦法告訴你任何事，而且你也無法讓牠明白該怎樣回到這兒來。」

「聽我說，安德魯舅舅，」狄哥里說，「現在真的該去吃晚飯了，他們

---

＊Pantomime，一種通常於聖誕節期間演出的民間娛樂劇，題材多為童話故事，並伴有以雜耍與雜技為主的幕間表演。

馬上就會來找我們的。你一定要放我們出去呀。」

「一定嗎？」安德魯舅舅說。

狄哥里和波莉互瞥了一眼。他們完全不敢吭聲，只好用眼神向對方傳達心意：「怎麼會這麼恐怖？」和「我們最好順著他。」

「如果你現在放我們去吃晚餐，」波莉說，「我們可以一吃完就馬上趕回來。」

「啊，但我怎麼能確定，你們一定會回來呢？」安德魯舅舅露出狡猾的笑容說，然後他似乎突然改變心意。

「好吧，好吧，」他說，「你們要是真的非走不可，我也攔不住你們。我總不能希望像你們這麼年輕的小孩，會喜歡待在這兒跟我這種老古板聊天。」他嘆了一口氣，繼續說下去，「你們不曉得，我有時候會感到多麼寂寞。但別放在心上。你們去吃晚餐吧。但在妳離開之前，我得先送妳一個禮物。可不是天天都會有小女孩，到我這又髒又暗的舊書房來玩，而且呢，希望妳不要嫌我冒犯，還是一位像妳這麼迷人的小姐。」

波莉開始覺得，他說不定根本就沒發瘋。

「妳想不想要一枚戒指，親愛的？」安德魯舅舅問波莉。

「你是說，我可以從那些黃色和綠戒指裡選一個嗎？」波莉說，「太棒了！」

「綠的不行，」安德魯舅舅說，「綠的我不能送人。但我樂意奉送黃戒指，而且隨便妳挑，並附上我的愛意。過來戴戴看吧。」

波莉現在幾乎忘了害怕，越來越確定這位老紳士絕不是瘋子；而且那些璀璨發光的戒指，顯然具有某種古怪的吸引力。她走到木盤前方。

「哎呀！怎麼會這樣？」她說，「那種嗡嗡聲在這裡變得更大聲了。簡直就像是這些戒指發出來似的。」

「妳的想像力可真豐富啊，親愛的。」安德魯舅舅呵呵笑道。他的笑聲聽起來非常自然，但狄哥里卻看到他臉上出現一種渴望，甚至可說是貪婪的表情。

「波莉！別上當！」他喊道，「不要去碰戒指！」

但已經來不及了。就在他開口說話的那一刻，波莉伸出手，碰到了其中一枚戒指。剎那間，完全沒出現一線閃光、一絲聲響，或是其他任何警訊，波莉就突然消失了。房間只剩下狄哥里和他舅舅。

# 2

# 狄哥里和他的舅舅

我在今天以前從來不相信魔法，

我現在知道那全都是真的了。

事情發生得太過突然，而狄哥里過去就算是做噩夢，也從來沒碰過這麼恐怖的事情，他忍不住發出一聲尖叫。安德魯立刻用手摀住他的嘴巴。「別叫！」他附在狄哥里耳邊噓聲說，「你要是再大吵大鬧，就會吵到你的母親。你知道，這會把她給嚇壞的。」

狄哥里在事後表示，他聽到舅舅竟然用**這麼**卑鄙下流的手段來籠絡別人，讓他差點就噁心得當場吐出來。但他當然不敢再尖叫了。

「這樣好多了，」安德魯舅舅說，「我想你大概也控制不了自己。第一次看到有人消失，的確**是**會讓人嚇一大跳。哎呀呀，那天晚上天竺鼠變不見的時候，甚至連我自己都大吃了一驚哩。」

「就是你突然大喊的那晚？」狄哥里問道。

「喔，那**被你聽到**了，是吧？你該不會是一直在監視我吧？」

「不，我才沒有呢，」狄哥里憤慨地說，「波莉到底出了什麼事？」

「恭喜我吧，我親愛的孩子，」安德魯舅舅搓著手說，「我的實驗已經成功了。那個小女孩走了——消失了——她已經離開這個世界了。」

「你究竟對她做了什麼？」

「把她送到——呃——另一個地方去了。」

「你這話是什麼意思？」狄哥里問道。

安德魯舅舅坐下來，說：「好，我這就把事情全都告訴你。你該聽過老李菲太太吧？」

「她不是某個姨婆之類的親戚嗎？」狄哥里說。

「不能算是，」安德魯舅舅說，「她是我的教母。那就是她，那邊，掛在牆上的照片。」

狄哥里望過去，看到一張褪色的照片：上面顯示出一個頭戴小軟帽的老女人面孔。現在想起來，他曾在鄉下老家的舊抽屜裡看過一張相同面孔的照片。他曾問過母親照片上的人是誰，但母親好像不太想談論這個話題。那絕對不是一張討人喜歡的面孔，狄哥里心中暗想，不過呢，鑑於早期的照片品質，你實在也很難看得準。

「她是——她不是——有點兒毛病嗎，安德魯舅舅？」他問。

「這個嘛，」安德魯舅舅咯咯輕笑，「那要看你對『**毛病**』作何解釋。一般人實在是太過心胸狹窄了。她晚年確實是變得非常古怪，做了一些非常愚蠢的事情。所以他們才會把她給關起來。」

「關在瘋人院，是這個意思嗎？」

「喔，不，不，不，」安德魯舅舅用震驚的語氣說，「不是那一類的地方。只是關進監獄罷了。」

「天哪！」狄哥里說，「她到底做了什麼？」

「啊，可憐的女人，」安德魯舅舅說，「她真的是太愚蠢了，做了許多不同的蠢事。但我們沒必要去管這些。她對我可是一直都好得很。」

「可是，這些事情跟波莉有什麼關係呢？我希望你——」

「性子別這麼急嘛，我的孩子，」安德魯舅舅說，「他們在老李菲太太死前把她放了出來，在她纏綿病榻的最後一段日子裡，我是少數幾個她願意接見的人之一。她那時已變得很不喜歡跟平凡無知的人打交道，你懂吧。我自己也是一樣。我和她興趣相投，很合得來。在她死前幾天，她要我去找她家的一個舊寫字檯，打開隱藏祕密的抽屜，把裡面的小盒子拿給她。我一拿起那個盒子，手指就開始感到刺痛，而我知道我的手裡正握著某個偉大的祕密。她把盒子交給我，要我對她保證，只要她一死，我就得用某種特定的儀式將它燒毀，絕對不能打開。我並沒有遵守這個承諾。」

「喔，那你實在是太卑鄙了。」狄哥里說。

「卑鄙？」安德魯舅舅帶著困惑的表情說，「喔，我懂了。你是說，小男孩應該要遵守承諾對吧。這倒是沒錯，我相信這是最正確也最得體的法則，而且我也很高興你能有這麼好的教養。不過呢，你得知道，那一類的規範對小男孩——僕人——女人——甚至一般平凡人來說，或許可以算是非常正確優秀的，但你絕不可能希望它適用於思想深刻的學生、偉大的思想家，以及賢明的哲人。不，狄哥里，我們這類擁有神祕智慧的人，一方面被剝奪了世俗的歡愉，但在另一方面，我們也同樣不用受到世俗規範的束縛。我的孩子，我們擁有的是一種崇高且孤寂的命運。」

說到這裡，他幽幽嘆了一口氣，而他的神情看起來是如此嚴肅、高貴，又神祕，在那一瞬間，狄哥里不禁真的相信他說的話確實有幾分真理。但接著他就回想起在波莉消失前，安德魯舅舅臉上出現的那副醜陋嘴臉；他頓時看穿了安德魯舅舅冠冕堂皇大話背後的真相。「這些話是表示，」他告訴自己，「他覺得他可以為所欲為，予取予求。」

「不過呢，」安德魯舅舅說，「我有很長的一段時間，都不敢去打開那個盒子，因為我知道，裡面可能放了某種非常危險的東西。我的教母是一個非常奇特的女人。其實，她是這個國家最後幾個擁有仙子血統的人。（她說在她那個年代，還有另外兩個人擁有仙子血統。一位是公爵夫人，另一位是雜役女傭。）事實上，狄哥里，你現在是在跟（很有可能是）最後一位真正擁有仙子教母的人說話哩。這可是件很了不起的事哪，可以讓你在老年時好好回味一番。」

「我敢說她一定是個壞仙子，」狄哥里心中暗想，接著他又大聲加上一句，「但波莉到底怎麼了？」

「你幹嘛老是扯到這個！」安德魯舅舅說，「那又不是什麼重要的事！

我的第一件任務當然就是去研究那個盒子本身。那是個非常古老的盒子。我當時懂得已經夠多了，我可以看出那不是希臘、不是古埃及、不是巴比倫、不是西台族*，也不是中國的物品。它甚至比其中任何一個國家都還要古老。啊——當我終於發現到真相那天，可真是個偉大的日子。那個盒子是亞特蘭提斯時代的遺物；它來自於消失的亞特蘭提斯島嶼。這代表它比他們在歐洲挖出的任何石器時代遺物，都還要早個好幾百年。而且也不是它們那種粗糙簡陋的玩意兒。因為早在文明初啟時，亞特蘭提斯就已經是一個擁有宮殿、廟宇與博學之士的偉大城市了。」

他暫時停下來，似乎是期待狄哥里能說些話。但狄哥里變得越來越不喜歡他的舅舅，所以他什麼也沒說。

「在這段時間裡，」安德魯舅舅繼續說下去，「我藉由其他管道（詳細

*Hittite，西元前兩千年初於安那托利亞出現的古印歐語系民族。

情形小孩子還是別知道的好）學到了許多一般的魔法知識。這表示我已能夠大致理解，盒子裡可能會裝了些什麼樣的東西。我做了各式各樣的試驗，來縮小可能的範圍。為此我必須接觸到一些——嗯，一些像惡魔似的怪胎，而且還得進行一些非常不愉快的實驗。我的頭髮就是這樣才會變白。要成為魔法師是必須付出代價的。後來連我的健康也開始亮起紅燈，但我還是漸漸康復過來。最後我終於**知道**了。」

雖然現在完全不可能會有人偷聽，但他還是俯身向前，用一種幾近耳語的輕聲說：

「那個亞特蘭提斯島盒子裡，裝了一些我們的世界剛誕生時，從另一個世界帶回來的東西。」

「那是什麼？」狄哥里問，現在他已不知不覺中被挑起了興趣。

「只是一堆灰塵，」安德魯舅舅說，「又細又乾的灰塵。沒什麼好看的。你可以說，那並不是什麼可以拿來誇耀的一生辛苦成果。啊，但當我望著那堆灰塵（我非常小心別去碰到它）時，我不禁認為裡面的每一粒細沙，都曾經屬於另一個世界——我指的並不是另一個星球，你懂吧；星球也是我們世界的一部分，只要你走得夠遠，就有可能會到達——一個真正的『他界』——另一個『自然界』——另一個宇宙——某個你就算在這個宇宙的空間中永無止境地走下去，也永遠無法到達的地方——一個唯有用魔法才能到達的世界——不賴吧！」說到這裡，安德魯舅舅又開始不停搓手，指關節發出如鞭炮般的劈啪聲。

「我當時就曉得，」他繼續說下去，「你只要能把灰塵轉變成正確的形式，它就可以把你帶回它來自的地方。難就難在該如何將它轉變為正確的形式。我早期的實驗全都宣告失敗。我用天竺鼠來做實驗，有些莫名其妙就死掉了，有些像小炸彈似地突然爆炸——」

「你這麼做實在是太殘忍了。」狄哥里說，他以前養過一隻天竺鼠。

「你還真愛扯些不相干的話題！」安德魯舅舅說，「這就是那種生物存在的目的嘛。而且牠們全都是我花錢買來的。讓我想想——我剛才說到哪兒啦？啊，對了。最後我終於成功製造出一些戒指：黃色的戒指。但現在又出現一個新的難題。我當時已相當確定，任何生物只要一碰到黃戒指，就會立刻被送到『另度空間』。但要是牠們沒法回到這兒來，把牠們在那兒發現的事情告訴我，這麼做又有什麼用呢？」

「那**牠們**該怎麼辦？」狄哥里說，「牠們要是回不來的話，那不是更慘嗎！」

「你這人看事情的角度實在是太不正確了，」安德魯舅舅帶著不耐的表情說，「你難道不了解這是一個偉大的實驗嗎？把其他生物送往『另度空間』的主要目的，就是為了要讓我知道，那裡是什麼樣的情形啊。」

「好吧，那你為什麼不乾脆自己去呢？」

這個簡單的問題，卻引起安德魯舅舅非常強烈的反應，他那種震驚至極，受到嚴重冒犯的神情，狄哥里幾乎沒在任何人臉上看到過。「我？我？」他失聲驚呼，「這孩子真是瘋了！我這麼一大把年紀，身體又差得要命，居然要把我拋到一個不同的宇宙裡去冒險，讓我在那兒擔驚受怕？我這輩子從來沒聽過這麼荒唐的事！你到底懂不懂自己在說些什麼啊？想想看，另一個世界究竟代表什麼——你什麼事都有可能會碰到耶——任何事都有可能。」

「但你卻把波莉送了過去，」狄哥里說。他的雙頰氣得發紅。「而我只能說，」他又補上幾句，「就算你是我的舅舅我也非說不可——你的行為簡直就像是個懦夫，居然把一個小女孩送到你自己不敢去的地方。」

「住口，先生！」安德魯舅舅說，伸手往桌上拍了一下，「你這髒兮兮的小男生，哪有資格這樣跟我說話。你不懂啊。我是一位偉大的學者、魔術師、專家，是我在**進行**這場實驗，我當然會需要**用到**實驗材料嘛。我的天哪，我看你接下來就要說，在我用天竺鼠做實驗前，必須先去徵求**那些**畜生的許可了呢！要獲得偉大的智慧，總免不了要做些犧牲。你居然會想到要我自己去，這實在是荒唐至極。這簡直就是要大將軍像普通士兵一樣上場打仗嘛。要是我被殺死怎麼辦，那我一生的努力不全都毀了嗎？」

「喔，你少囉嗦了，」狄哥里說，「你到底要不要去把波莉帶回來？」

「在你無禮打斷我的話之前，我正準備要告訴你，」安德魯舅舅說，

「我最後終於找到了回來的方法。綠戒指可以把你帶回到這裡。」

「可是波莉沒有綠戒指啊。」

「是沒有。」安德魯舅舅露出殘酷的微笑。

「所以她就回不來了，」狄哥里喊道，「你這麼做根本就等於是謀殺。」

「她有辦法可以回來，」安德魯舅舅說，「只要有人戴上黃戒指，然後再帶著兩枚綠戒指跟在她之後過去，其中一枚綠戒指帶他自己回來，用另一枚戒指把她給帶回來。」

現在狄哥里已看清自己中了什麼樣的圈套：他瞪大眼睛望著安德魯舅舅，嘴巴張得開開的，什麼話也說不出來。他的面頰變得毫無血色。

「我希望，」安德魯舅舅現在換上一種非常高亢洪亮的嗓音，擺出一副完美好舅舅的架式，活像他才剛給了某人一筆慷慨的賞金和一些良好的建議似的，「狄哥里，我希望你千萬不要心存膽怯。我們家族裡若是有任何一分子，缺乏足夠的榮譽感與騎士精神，去援助一位——呃——一位落難的小姐，我必然會感到非常非常的遺憾。」

「喔，住口！」狄哥里說，「你要是還有點榮譽感的話，你就應該自己去救她，但我曉得你根本一點也沒有。好吧，我看我是非去不可了。但我要說，你**真是**個殘忍的野獸。我想你早就全都計畫好了，故意害她什麼都不曉得，就糊裡糊塗被送了過去，然後我就別無選擇，不得不過去找她。」

「這是當然的啦。」安德魯帶著他那可恨的微笑答道。

「很好。我會去的。但在我走之前有件事我非說不可。我在今天以前從來不相信魔法，我現在知道那全都是真的了。而你就跟故事裡那些壞人一樣，只不過是個既邪惡又殘酷的魔法師。好吧，在我看過的所有故事裡，那一類的壞人最後總會得到報應，我敢說你也不會例外。而且是罪有應得。」

狄哥里從頭到尾說了這麼多話，但只有這一次才真正命中要害。安德魯舅舅驚跳了一下，臉上露出極端恐懼的神情，就算他是個禽獸不如的壞蛋，你也忍不住會替他感到難過。但才過了一秒，他就完全恢復正常，硬擠出一陣乾笑說：「好了，好了，我想這就是小孩子才會有的想法——你從小就在女人堆裡長大。這就是老太太們愛講的故事，嗄？我想你大可不必**擔心**我的安危，狄哥里。你真正該擔心的是你那位小朋友對吧？她走了有一段時候了。要是『那個地方』有任何危險的話——嗯，這個嘛，你只要晚去一步，那可就悔之莫及嘍。」

「這不用**你**操心，」狄哥里惡狠狠地說，「我懶得再聽你囉嗦了。我到底要怎麼做？」

「你真該學學如何控制住你的脾氣，我的孩子，」安德魯舅舅冷冷地說，「否則你長大以後，就會變成跟你莉蒂阿姨一個德性。好了，跟我來吧。」

他站起來，戴上一副手套，走向那個裝著戒指的木盤。

「它們只有在接觸到你的皮膚時，」他說，「才會發揮作用。我戴上手套，就可以隨意把它們拿起來——就像這樣——什麼事也不會發生。所以你如果只是把戒指放在口袋裡，同樣也不會發生任何事情。但你得特別注意，千萬別把手插進口袋，以免不小心碰到它。你一碰到黃戒指，就會立刻從這個世界消失。等你到了『另度空間』以後，據我推測——當然這還沒有經過測驗，但我**推測**——你一碰到綠戒指，就會立刻從那個世界消失，並且——這純屬推測——重新回到這個世界。現在聽好，我把這兩個綠戒指，放進你右邊的口袋。你得仔細記清楚，綠戒指是放在哪邊的口袋。綠色的第一個字母是G，右邊的第一個字母是R。G、R，懂了吧？這就是綠色（green）的前兩個字母。一枚給你，另一枚給那個小女孩。現在你自己去拿一枚黃戒指。我要是你的話，就會把它戴上——好好戴在手指上。這樣才不容易弄丟嘛。」

狄哥里差點就伸手抓起黃戒指，但在最後一刻他突然停下來。

「對了，」他說，「那我母親呢？要是她想找我怎麼辦？」

「你越早去，就越早回來呀。」安德魯舅舅愉快地說。

「但你又不確定我到底回不回得來。」

安德魯舅舅聳聳肩，越過房間走到門前，打開鎖，把門推開，說：

「喔，那好吧。隨便你。下樓去吃你的晚餐吧。要是你寧願這樣的話，那就讓那個小女孩在『他界』被野獸吃掉、被淹死、被餓死，或是留在那兒永遠回不來算了。這對我來說沒什麼差別。不過呢，我看你最好在喝下午茶以前，先順道去拜訪一下普朗摩太太，跟她說她這輩子休想再見到她的寶貝女兒了；而這完全是因為，你居然不敢戴上一枚戒指。」

「我的天哪，」狄哥里說，「我真希望我年紀夠大，好狠狠往你頭上捶一拳！」

說完他就扣好外套，深深吸了一口氣，把戒指拿起來。而他不論是在那時，或是每每事後回想，都得到一個結論：他當時除了這麼做之外，實在沒有更好的辦法了。

# 3

# 界中林

這個地方不屬於任何一個世界，

但只要你能找到這個地方，你就可以進入其他所有的世界。

安德魯舅舅和他的書房立刻從眼前消失。在接下來那一剎那，周遭的一切全都變得模糊不清。然後狄哥里看到有一道柔和的綠光從上方灑落到他身上，而下面則是一片漆黑。他似乎沒有站在、坐在，或是躺在任何東西上面。他感到四周空盪盪的，什麼也沒有。「我看我現在一定是在水裡，」狄哥里說，「或是水底。」這個念頭讓他嚇得心猛然一震，但接下來就立刻感覺到自己被沖向上方。他的頭突然破水而出，他爬到岸上，踏上一片位於水池邊緣的平坦草地。

他才剛站起身來，就注意到自己並不像剛從水底爬出來的人一樣，渾身濕答答地滴著水，或是大口大口地喘氣。他的衣服滴水未沾。他現在是站在森林中，一個頂多十呎寬的小水池旁邊。周遭的樹林長得茂盛濃密，葉片綠蔭如雲，完全無法透過葉縫瞥見上方的天空。一束束綠幽幽的微光透過葉片灑落下來，但這綠光依然相當溫暖明亮，因此上面的陽光想必十分強烈。這是你所能想像出最安靜的一座樹林。這裡沒有飛鳥、沒有昆蟲、沒有動物，也沒有一絲微風。你甚至可以感覺到樹木在你周遭勃勃生長。他剛才爬出的水坑，並不是此處唯一的水池。這裡至少有數十個水池——在他視力所及範圍內，每隔幾碼就可以看到一個小水池。你幾乎可以感覺到樹木正津津有味地在用樹根吸水。這是一片生意盎然、活力十足的樹林。當狄哥里在事後試圖描述這片樹林時，他總是這麼說：「它是一個**濃郁**的地方，濃郁得就像是李子蛋糕。」

最奇怪的是，狄哥里甚至在開始打量環境之前，就差不多忘了他自己是怎麼到這兒來的。至少他絕對沒有想到波莉或是安德魯舅舅，甚至連他母親也被拋到了九霄雲外。他心裡完全沒有一絲害怕、興奮，或是好奇的感覺。要是有人問他：「你是從哪來的？」他大概會這樣回答：「我本來就待在這兒呀。」那裡就是會給人這樣的感覺——彷彿就像是，儘管有人一輩子都待在那個地方，就算終其一生從來沒有任何事情發生，他也絕不會感到無聊。就如同他在多年之後說的話：「那裡並不是那種會有事情發生的地方。樹木在不停地生長，就只是這樣而已。」

狄哥里望著樹林打量了好一陣子，才注意到在幾碼遠外的一棵樹下，躺著一個小女孩。她的眼睛微微張開一條縫，似乎正在半夢半醒間掙扎，就快要醒過來似的。因此他只是站在一旁凝視著她，久久都沒出聲。最後她終於張開眼睛，抬頭望了他好一會兒，同樣也沒有開口說話。過了一段時間，她才開始用一種如做夢般恬然自足的語氣說話。

「我覺得我以前好像見過你。」她說。

「我也有點這種感覺，」狄哥里說，「妳到這裡很久了嗎？」

「喔，我本來就待在這裡啊，」她說，「至少待了——我不曉得——一段很長的時間了。」

「我也是。」狄哥里說。

「不，你不是，」她說，「我剛剛才看到你從那個水池裡爬出來。」

「對喔，大概是吧，」狄哥里帶著困惑的表情說，「我忘了。」

接下來有相當長的一段時間，兩人都沒再說一句話。

「聽我說，」過了一會兒女孩開口說，「我在想我們以前真的有見過面嗎？我有一種感覺——好像腦袋裡有一幅畫面似的——有個男孩和女孩，就跟我們兩個一樣，不過他們是住在一個跟這裡完全不同的地方──兩個人在一起玩耍，做各種稀奇古怪的事情。說不定那只是一個夢。」

「我好像也做過同樣的夢，」狄哥里說，「一個男孩和女孩，他們是鄰居──還有他們好像在椽木間爬來爬去。我記得那個女孩的臉髒兮兮的。」

「你是不是弄混啦？在我的夢裡，那個男孩的臉才是髒兮兮的。」

「我不記得那個男孩的臉，」狄哥里說，接著又加上一句，「喂！那是什麼東西啊？」

「哦！那是一隻天竺鼠。」女孩說。她說得沒錯──一隻胖嘟嘟的天竺鼠，正在草地上嗅來嗅去。但那隻天竺鼠腰部綁了一圈帶子，帶子上繫著一枚閃閃發光的黃戒指。

「妳看！看，」狄哥里喊道，「那個戒指！還有妳看！妳手上也戴了一個。我自己也有呢。」

女孩終於被挑起了興趣，她於是坐了起來。他們專注地互相對望，絞盡腦汁努力回想。然後他們幾乎在同一刻齊聲大喊，她大叫：「凱特里先生。」而他喊的是：「安德魯舅舅。」他們終於想起自己是誰，並開始把所有事情全都記起來了。在經過幾分鐘的熱烈討論之後，他們總算把事情全都搞清楚。狄哥里還把安德魯舅舅後來的卑劣行徑全都告訴了她。

「我們現在該怎麼辦？」波莉說，「把天竺鼠抓起來，帶牠一起回家嗎？」

「反正不急嘛。」狄哥里打了一個大呵欠。

「我覺得很急耶，」波莉說，「這個地方太安靜了。它實在太——太有催眠氣氛了。你看你都快睡著了。我們只要一抵擋不住，就會乾脆躺下來，在這兒永遠睡下去。」

「這個地方很棒啊。」狄哥里說。

「沒錯，它是很棒，」波莉說，「但我們非回去不可。」她站起來，開始躡手躡腳地朝天竺鼠走過去。但接著她就改變心意。

「我們還是把天竺鼠留下來好了，」她說，「牠在這兒過得很快樂，我們要是把牠帶回家的話，你舅舅就只會用些恐怖的手段來對付牠。」

「這是一定的，」狄哥里答道，「看看他是怎麼對付**我們**就曉得了。對了，我們要怎樣才能回到家裡啊？」

「我想應該是先回到水池裡吧。」

他們走過去，並肩站在水池旁邊，低頭望著平靜無波的水面。水中映滿了濃密翠綠的枝椏；這讓池水顯得格外幽深。

「可是我們沒帶泳衣。」波莉說。

「我們不需要啦，笨哪，」狄哥里說，「我們來的時候是穿著衣服的。妳難道不記得，我們從水裡上來的時候，身上根本就沒濕嗎？」

「你會不會游泳？」

「會一點。妳呢？」

「嗯——不太會。」

「我想我們不需要游泳吧，」狄哥里說，「我們是**進到**水底，是不是？」

他們兩人都不太想跳進池裡，但卻死都不肯開口示弱。他們手牽手一起喊：「一——二——三——跳！」然後縱身一跳。接著就響起一陣響亮的濺水聲，他們兩人自然都閉上了眼睛。但當他們再度睜開眼時，卻發現自己仍手牽手站在碧綠樹林中，腳下的水甚至還淹不到腳踝。他們劈里啪啦地涉水爬回乾燥的地面。

「到底出了什麼錯？」波莉用驚恐的語氣問道，但那其實並不像你想像中那麼驚恐，因為在那片森林中，你很難會真正感到驚恐。這地方實在是太安詳了。

「喔！我曉得了，」狄哥里說，「這當然沒用啦。我們還戴著黃戒指嘛。這是出來旅行用的，懂了吧。綠戒指才能帶妳回家。我們必須換戒指。妳有口袋嗎？很好。把妳的黃戒指放進口袋。我這兒有兩個綠戒指。這個給妳。」

他們戴上綠戒指，重新回到池邊。但就在他們準備再跳下去時，狄哥里突然發出一聲長喊：「噢——噢——喔！」

「怎麼啦？」波莉問道。

「我剛想到一個非常棒的主意，」狄哥里說，「妳想其他水池裡會有什麼？」

「你這是什麼意思？」

「哎呀，要是我們跳進**這個**水池，就可以回到我們自己的世界，那我們若是跳進別的水池，不就可以到達其他某個地方了嗎？說不定在每個水池下面都有一個世界哩。」

「但我們現在不是已經到了你安德魯舅舅說的什麼『他界』啦，或是『另度空間』之類的地方了？你剛才不是說——」

「喔，別管安德魯舅舅了，」狄哥里打斷她的話，「我才不相信他真的懂呢。他根本就沒膽子自己到這兒來看看。他從頭到尾就只提到一個『他界』，但說不定其實有好幾十個『他界』呢！」

「你是說，這片樹林說不定只是其中一個世界嘍？」

「不，我想這片樹林並不是一個世界。我認為這裡只是中途站。」

波莉一臉迷惑。

「妳不懂嗎？」狄哥里說，「不懂是吧，那注意聽我說。想想我們家天花板下面的隧道吧。它並不是一個房間，不屬於其中任何一棟房子。換句話說，它其實並不能真正算是任何一棟房子的一部分。但只要你一走進隧道，你就可以沿著它任意走動，而且整排房子隨你挑，愛去哪棟就去哪棟。這片樹林會不會也是這樣？——這個地方不屬於任何一個世界，但只要你能找到這個地方，你就可以進入其他所有的世界。」

「好吧，就算你可以——」波莉開口說，但狄哥里只是自顧自地繼續說下去，似乎根本就沒聽到她的聲音。

「而這可以解釋所有的事情，」他說，「那就是這裡為什麼會這麼靜悄悄，讓人忍不住想打瞌睡的原因。這裡從來沒發生過任何事情。就像在家裡一樣。大家不管是聊天啦、做事情啦，或是吃飯啦，全都是待在屋子裡面。沒人會在牆壁後、天花板上、地板下，或是我們自己那條隧道裡做任何事情。但你只要一走出我們那條隧道，你就可以進入**任何**一棟房子。我想我們可以從這個地方，到其他世界去玩呢！我們沒必要跳進原來那個水池嘛。至少現在還不必。」

「『界中林』，位於眾多世界中間的樹林，」波莉用做夢般的語氣說，「聽起來滿不錯的。」

「來吧，」狄哥里說，「我們要選哪一個水池啊？」

「聽著，」波莉說，「我們必須先確定**真的**可以從原來的水池回到家，我才不要隨隨便便就跳進別的水池去呢。我們甚至還不曉得這方法到底管不管用哩。」

「好啊，」狄哥里說，「一回去就被安德魯舅舅逮個正著，連玩都沒玩到，戒指就被收回去了。謝了，我才不幹呢。」

「難道我們就不能先跳下我們自己的水池，但只要走一半就趕緊回來嗎？」波莉說，「先試試看到底有沒有用嘛。要是有用的話，我們就趁還沒真正回到凱特里先生書房以前，趕快換上黃戒指，再重新回到上面來就行啦。」

「我們能只走**一半**嗎？」

「嗯，我們上來的時候花了不少時間。我想回去大概也不會太快吧。」

狄哥里執意不肯這麼做，但最後他還是不得不屈服，因為波莉堅決表示，除非她確定能回到原來的世界，否則休想要她到其他任何新世界去探險。她在面對某些危險（例如大黃蜂）時，可以說是跟他一樣勇敢，但她不太有興趣去探索那些聞所未聞的未知事物；狄哥里正好相反，他是那種擁有強烈求知慾的人，正因如此，他在長大之後，化身為著名的寇克教授出現在其他的故事裡。

經過了一番爭論，他們倆終於達成協議，決定先戴上綠戒指，（「綠色代表安全，」狄哥里說，「這樣妳就不會記錯該戴哪個戒指了。」）再手牽手一起跳下水池。但他們事先說好，只要一發現他們好像快要回到安德魯舅舅的書房，或是他們自己的世界時，波莉就會大喊一聲：「換！」一聽到這聲暗號，他們就會趕緊脫下綠戒指，戴上黃戒指。狄哥里很想當負責喊「換」的人，但波莉硬是不肯。

他們戴上綠戒指，牽好手，再一次喊道：「一——二——三——跳。」

這次終於生效了。我實在很難對你們描述當時的情景，因為一切都發生得太快了。一開始彷彿就像是有許多閃亮的光點，在一片漆黑的天空中四處流竄；狄哥里一直以為那是星星，甚至發誓說他看到木星似乎就近在眼前——近得可以看到它的衛星。但幾乎就在下一秒，他們上方就出現一排排屋頂和煙囪，然後他們看到了聖保羅大教堂，因此知道自己身處倫敦。但現在他們可以透過牆壁，看清每一棟屋子裡面的景象。接著他們就看到了安德魯舅舅，他顯得非常模糊且朦朦朧朧的，但彷彿就像是在慢慢調準焦距似的，他的形影漸漸變得越來越清楚、越來越具體。就在他變得像真人般清晰之前，波莉及時大喊道：「換！」他們連忙換戒指，而我們的世界如夢境般迅速消退，上方的綠光變得越來越強烈，最後他們終於再度冒出池面，爬到了岸上。他們四周環繞著一片樹林，依然跟過去一般青翠明亮。整件事發生的時間還不到一秒。

「看吧！」狄哥里說，「沒問題的啦。現在可以去冒險了，隨便哪個水池都行。來吧，我們去試試看那個水池。」

「等一下！」波莉說，「難道我們不用先在這個水池做記號嗎？」

他們互相對望，當他們了解到，狄哥里剛才差點做出多麼可怕的事情時，兩人的面孔都不禁變得慘白。這片樹林裡的水池多得數不清，而且看起來全都差不多，周遭樹木也全都大同小異，所以你要是沒留下任何路標，就大剌剌拋下那個通往我們世界的水池離開的話，八成是再也找不到路回家了。

狄哥里掏出小刀，用顫抖的手在水池邊的草地上，劃出一道長長的缺口。這裡的泥土（味道很好聞）是鮮明的紅褐色，在周遭一片碧綠襯托下，更是萬綠叢中一點紅，顯得格外醒目。「幸好我們之中還有**一個人**有點頭腦。」波莉說。

「好了，少在那邊吹牛了，」狄哥里說，「走吧，我想快去看看其他水池裡到底是什麼樣子。」波莉對他說了句不太好聽的話，而他立刻反擊，說得甚至比她還要更狠。他們就這樣吵了好幾分鐘，但若是把它全都寫下來，會顯得挺無聊的。就讓我們直接跳到下一刻，此時他們兩人已重新戴上黃戒指，滿臉漲得通紅、心臟怦怦狂跳地站在一個不知名的水池邊，手牽手地再度喊道：「一——二——三——跳！」

撲通！這次又失靈了。這個水池也跟剛才一樣，顯然只是個普通的泥水坑。他們並沒有到達另一個新世界，只不過是在那天早上（如果那可以算是早上的話：在「界中林」裡時間好像永遠都停在同一個地方）第二度把雙腳浸濕，讓腿上濺滿泥汙罷了。

「討厭！很煩耶！」狄哥里驚呼，「這次又是哪裡出了錯？我們已經好好戴上黃戒指啦。他說黃戒指是出去旅行用的啊。」

但事情的真相是，對「界中林」一無所知的安德魯舅舅，對戒指的看法顯然也不太正確。黃戒指並不是「出遊」戒指，而綠戒指也不是「回家」戒指；至少並不是像他想的那樣。製造這兩種戒指的材料，同樣都是來自於這片樹林。黃戒指中的物質，擁有將你帶到樹林的力量；那是一種想要返回它原來所屬地方的物質，而它的原鄉就是那片作為中途站的樹林。但綠戒指所用的材料，卻是一種企圖離開自己故鄉的物質：因此綠戒指將會帶你離開樹林，進入一個世界。你可以看出，安德魯舅舅對於他所使用的工具，其實並不是非常了解；大部分魔法師都是如此。狄哥里自然也不太清楚真相，至少他當時還不明白。但他們兩人經過討論之後，決定還是戴上綠戒指跳下新水池，試試看到底會發生什麼事。

「你敢去我就奉陪。」波莉說。但她這麼說只是因為她心裡十分確定，不管是戴哪種戒指，對這個新水池都不會發揮任何功用，所以最壞的情況，也只不過是再撲通一聲跳進水裡去罷了。我不太確定狄哥里是不是也這麼想。不管怎樣，當他們再度戴上綠戒指，走回水池邊，把手牽好時，他們的心情比第一次輕鬆愉快得多，而且態度也沒那麼莊重了。

「一——二——三——跳！」狄哥里喊道。他們縱身一跳。

# 4

# 鐘與錘

他們兩人都以為事情已經結束了，

但這是他們這輩子所犯過最大的錯誤。

這次魔法確實生效了。他們不斷朝下墜落，最初是穿越一片全然的漆黑，然後周遭轉變成一團朦朧不清的旋轉光影。四周變得越來越明亮。然後突然感到雙腳踏上了堅實的地面。過了一會兒，眼前的一切漸漸變得清晰，他們終於可以看清周遭的環境。

「這地方真詭異！」狄哥里說。

「我覺得這兒很不對勁。」波莉似乎微微打了一個寒顫。

他們最先注意到的是這裡的光線。那並不是陽光，也不像是電燈、提燈、蠟燭，或是其他任何他們所見過的光源。那是一種黯淡且微帶紅色的光芒，令人感到很不舒服。光線十分穩定，沒有絲毫搖曳晃動的跡象。他們現在是站在一片鋪著石板的平地上，四周環繞著一圈建築。他們來到的是一個類似天井的地方，因此上方並沒有屋頂。天空異常陰暗——那是一種幾近全黑的深藍。當你看到那樣的天空之後，你會忍不住懷疑那兒完全不曾透出一絲光亮。

「這裡的天氣還真是奇怪，」狄哥里說，「我想我們大概是剛好碰到暴風雨，或是日蝕吧。」

「我覺得很不對勁。」波莉說。

不知為了什麼，他們兩人說話時都刻意壓低聲音。在跳下水池以後，實在沒理由再繼續牽著手，但他們卻並沒有把手鬆開。

天井四周矗立著一圈高聳的牆壁。牆壁上有著許多巨大的窗口，窗上並沒安裝玻璃，透過窗口望進去，卻只能看見一片深不見底的漆黑。窗口下方是一列由巨大梁柱支撐的拱門，如火車隧道口般咧開漆黑的巨口。這裡相當寒冷。

這裡所有建築物的石塊看來似乎全都是紅色，但也有可能是因為它們染上了此處詭異的紅光。這些石塊顯然年代久遠。天井地上有許多石板上，都出現了一條條的裂痕。原本應緊密相連的石板全都分崩離析，稜角部分也磨損殆盡。其中有扇拱門前堆了半門高的瓦礫碎片。兩個孩子不停回過頭來東張西望，反覆察看天井四周的環境。他們這麼做主要是害怕會有某個人——或是某個東西——趁他們背過頭去時，偷偷從窗口監視他們。

「妳覺得這裡有沒有人住？」狄哥里最後終於開口問道，但仍是故意壓低聲音。

「沒有，」波莉說，「這裡全都是廢墟。我們來以後還沒聽到過任何聲音哩。」

「我們先停下來注意聽一下。」狄哥里提議。

他們停下腳步，仔細傾聽，但卻只能聽到他們自己的咚咚心跳。這個地方至少跟界中林一樣安靜。但那是一種全然不同的安靜。樹林的寂靜令人感到豐盈溫暖（你幾乎可以聽到樹木生長的聲音），並且充滿了生命力，但這裡卻是一種死氣沉沉、冰冷空洞的寂靜。你絕對想像不出有任何東西能在這裡生長。

「我們回家吧。」波莉說。

「可是我們什麼都還沒看到啊，」狄哥里說，「既然我們都已經到這兒來了，不逛白不逛嘛。」

「我確定這裡根本沒什麼好玩的。」

「妳找到了一枚可以讓妳進入其他世界的魔戒，結果到了那裡以後，卻沒膽到處去逛逛，那妳到底要這戒指幹嘛呀。」

「你說誰沒膽？」波莉甩開狄哥里的手。

「我只是覺得，妳好像不太想到這地方探險。」

「你敢去的地方，我全都敢去。」

「反正我們只要想的話，隨時都可以離開呀，」狄哥里說。「我們現在脫下綠戒指，放在右邊的口袋裡。我們只要記清楚，黃戒指是放在左邊口袋就行了。妳可以盡量把手貼在口袋旁邊，但千萬別把手放進去，要是一不小心碰到黃戒指，妳就會立刻消失。」

他們把戒指放好，默默走向其中一扇通往建築物內部的拱門。當他們站在門檻前，看到屋中的景象時，卻發現裡面並不像他們想像中那麼黑。這扇門通向一個寬廣而陰暗的大廳，裡面空盪盪的什麼也沒有，但在房間最盡頭處，有著一列以柱子相隔的拱門，透過這一扇扇拱門，流瀉出跟屋外相同的疲憊光芒。他們小心翼翼地穿越大廳，生怕踩到地上的凹洞或是被其他東西絆倒。這似乎是一段相當漫長的路途。當他們終於到達大廳另一邊，穿越拱門走出去時，卻發現又踏入了另一個更大的天井。

「那邊看起來好像不太安全。」波莉說，伸手指著一面牆壁，那兒有個地方朝外凸出，看起來似乎就快要垮下來掉到天井裡去了。一根原先矗立於兩扇拱門間的梁柱已失去蹤影，柱子上方那整片磚石，就這樣毫無支撐地懸掛在半空中。這個地方顯然已荒蕪了好幾百年，甚至可能是好幾千年了。

「反正它都已經撐到現在了，我想它應該可以再繼續撐下去吧，」狄哥里說，「但我們最好盡量小聲一點。妳該曉得，有時候聲音太大，會把東西震垮——阿爾卑斯山雪崩就是這樣。」

他們繼續往前走，離開天井，踏入另一個拱門，再爬上一列寬廣的階梯，穿越一排連綿不斷、似乎永無止境的巨大房間，令人不禁為這地方廣大無垠的空間而感到頭暈目眩。每隔一段時間，他們就以為自己就快要走到外面，欣賞這座龐大宮殿四周的鄉村風光。但每一次他們都只是再踏入另一個天井。當年這裡還有人居住的時候，想必是十分富麗堂皇。在其中一座天井中有著噴水池的遺跡。一尊張嘴展翅的巨大怪獸石像矗立在半空中，你仍然可以清楚看到它嘴下有一小段管子，過去水就是從那裡流出來的。石像下方有一個用來儲水的大石盆，裡面卻一滴水也沒有。在其他地方有一些爬藤植物的枯枝，這些藤蔓過去曾纏繞在梁柱上，並成為逼使其中某些柱子倒落的幫凶，但這些藤蔓已經死去多時了。同時這裡也找不到一隻螞蟻、一隻蜘蛛，或是任何你以為會在廢墟中見到的生物；石板裂縫裸露出的乾燥土壤上，也完全看不見一根青草或一粒苔蘚。

這一切是如此淒涼沉悶又毫無變化，最後甚至連狄哥里都感到興味索然，覺得最好還是戴上黃戒指，重新回到中途站那片溫暖、青翠，又生意盎然的森林裡去算了，但就在他這麼想的時候，他們正好走到了兩扇似乎是用黃金打造的金屬大門前。其中有扇門微微開了一條細縫。他們自然忍不住走過去瞧瞧室內的景象。他們兩人都驚得往後一跳，深深倒抽了一口氣：終於找到些值得一看的東西了。

在那一瞬間，他們還以為裡面擠滿了人——有好幾百人文風不動地坐在那裡。波莉和狄哥里就如同你猜想的一樣，也是文風不動地站在原處，呆看了好一會兒。但過沒多久，他們就覺得裡面的人看起來不像是真人。屋中完全沒出現任何動靜，也聽不見一絲聲響。這些人就像是你所見過最栩栩如生的蠟像。

這次是波莉率先走進去。這個房間裡有某種讓波莉比狄哥里更感興趣的東西：所有的人像都穿著華麗的服裝。你只要對服裝有點興趣，就會忍不住想要走過去近看。在經過其他那些灰塵密布又空無一物的房間之後，這些服裝的鮮豔色彩雖不能讓這個房間看來較令人愉快，但至少是豐富華麗了些。這裡的窗戶也比較多，室內的光線也明亮許多。

我實在不知該如何去描繪那些衣服。所有的人像全都穿著長袍，頭上還戴著皇冠。長袍有深紅、銀灰、深紫，和鮮綠等不同顏色，上面繡滿了各式各樣的花紋、花朵與怪獸的圖案。巨大璀璨的寶石在他們的皇冠與項鍊上閃爍生輝，在所有縫釦連結處發出耀眼的光芒。

「這些衣服為什麼過這麼久都沒有爛掉？」波莉問道。

「是魔法，」狄哥里悄聲說，「妳難道沒感覺到嗎？我確定這房間裡有非常強的魔法。我一走進來就感覺到了。」

「這裡隨便一件衣服都值好幾百英鎊呢。」波莉說。

但狄哥里卻對那些面孔比較感興趣，而它們的確是值得一看。那些人排坐在牆壁四周的石椅上，中間空出一大片空地。你可以沿著空地邊緣往前走，輪流打量那些面孔。

「我覺得他們是**好人**。」狄哥里說。

波莉點點頭。他們目前看到的面孔全都十分討人喜歡。男人和女人看起來都顯得仁慈善良並充滿智慧，而他們似乎全都屬於同一個相貌俊美的族裔。但這兩個孩子沿著椅子往前走了幾步之後，他們看到的面孔就變得有些不一樣了。全是一些非常莊嚴的面孔。你若是真的碰到長了那副面孔的活人，就會心生敬畏，覺得最好是收斂一下自己的言行舉止。他們再往前走了一小段路，便發現周圍的面孔變得不再討人喜歡了。此時他們大約是走到了房間的正中央，這裡的面孔看起來非常堅強、驕傲、快樂，卻顯得相當殘酷。再往前走一會兒，旁邊的面孔就變得更加殘酷了。繼續往前走下去，身邊的面孔殘酷依舊，卻已不再快樂了。甚至可以算是絕望的面孔，彷彿面孔的主人曾做過非常可怕的事，但同時也遭受到非常可怕的傷害。最後一個人像是這裡最有趣的一個——一個服飾比其他人還要華麗的女人，她個子很高（但這房間裡的每一個人像，都比我們世界的人要高一些），神情凶悍，高傲得令人感到心驚。但她也同時非常美麗。多年之後，當狄哥里垂垂老矣時，他說她是他這輩子見過最美的一個女人。但為了公平起見，我必須在此補上波莉的看法，她總是說，她可完全看不出那個女人到底美在哪裡。

我剛才提到，這個女人是最後一個蠟像，但她後面還排了一大列空椅，看來這房間原先似乎是準備收藏更多的蠟像。

「真希望我們能知道這一切背後的故事，」狄哥里說，「我們折回去，瞧瞧房間中央那個像餐桌的東西吧。」

擺放在房間中央的東西並不能算是真正的餐桌。那是一根大約四呎高的正方形柱子，上面矗立著一座金色小拱門，門下懸掛著一個小金鐘；在這些東西旁邊，放了一根用來敲鐘的小金錘。

「我想……我想……我想……」狄哥里說。

「這邊好像有寫字耶。」波莉彎下身來，望著柱子側邊說。

「沒錯，是真的有字，」狄哥里說，「但我們當然看不懂啦。」

「是嗎？這我可不確定。」波莉說。

他們兩人都目不轉睛地盯著上面的字，而事情就跟你想的一樣，石頭上刻的確實全都是些怪字。但現在發生了一個天大的奇蹟：就在他們盯著字看的時候，那些怪字的形狀雖然不曾改變，但他們卻發現自己已經可以看得懂了。狄哥里要是沒忘記他自己曾在幾分鐘前說過，這是一個充滿魔法的房間，那麼他或許可以猜到，現在魔法已經開始發揮作用了。但他此刻心中充滿了強烈的好奇心，根本無暇去想到這些。他越來越渴望能了解石柱上的文字。他們兩人很快就全都看懂了。文字內容大約是這樣的——多多少少抓到一點感覺，不過在現場看的話，詩句實在寫得比這裡好太多了：

做個選擇，冒險的陌生人；
敲響金鐘並召來危險上身，
或終生揣想，行動將帶來何種禍殃，
直到思慮逼你發狂。

「我才不要呢！」波莉說，「我們又不想遇到危險。」

「喔，難道妳看不出這樣不太好嗎？」狄哥里說，「我們現在已經擺脫不掉了。我們以後一輩子都會不停去想，我們當初要是敲響金鐘的話，到底會發生什麼樣的事。我可不要就這樣逃回家，然後一直想這件事想到發瘋。我才不要呢！」

「別傻了，」波莉說，「哪有人真的會去想！誰有空去管接下來會發生什麼事啊？」

「在我看來，只要走到我們現在這個地步，隨便哪個人都會忍不住一直想下去，一直想到頭殼壞掉為止。那就是這裡的魔法呀，懂了吧。我可以感覺到，魔法已經開始對我發揮作用了。」

「喔，是嗎？我可沒這種感覺，」波莉沒好氣地說，「而且我也不相信你真有感覺到。你根本就是裝的。」

「妳的腦袋就只能想到這些，」狄哥里說，「因為妳是個女生嘛。妳們女生除了整天三姑六婆，謠傳誰誰誰又要訂婚了之外，對其他事全都不感興趣。」

「你說話那副德性，簡直就跟你舅舅一模一樣。」波莉說。

「妳怎麼老是把話題扯遠呢？」狄哥里說，「我們剛才是在說——」

「真像個十足的臭男人，」波莉用一種非常成熟的語氣說，但接著她又趕緊用平常的口吻補上一句，「不准你說我像臭女人，要不然你就是個討厭的學人精。」

「我做夢都不會想到要說妳這個小孩是女人。」狄哥里高傲地說。

「喔，你說我是個小孩子？」波莉說，現在她是真的發火了，「那好吧，再也不會有小孩跟在你身邊惹你煩心了。我要走了，我受夠了這個鬼地方。而且我也受夠你了——你根本就是個又討厭又自以為是，而且還固執得要命的死豬頭！」

「不要這樣！」狄哥里的語氣非常惡劣，但這並不是他的本意；因為他正好在此時看到波莉伸手探向口袋，想要去拿她的黃戒指。我實在無法替狄哥里接下來的行為找任何藉口，只能說他在事後感到非常非常遺憾（還有其他許多人也一樣）。波莉還來不及把手伸進口袋，他就一把抓住她的手腕，橫過身來用背頂住她的胸口。然後他用手肘擋住她另一隻手臂，俯身向前抓起小金錘，俐落地朝金鐘上輕輕敲了一下。接著他就鬆開手，兩人分開來互相對望，大口大口地喘氣。波莉都快要哭出來了，但這並不是出於害怕，甚至也跟狄哥里把她手抓得很痛無關，完全是因為她簡直就快要氣炸了。但還不到兩秒鐘，就出現了某件引他們分心的事情，使他們完全忘了要吵架。

狄哥里一敲響金鐘，就發出一個音符，一個就如你想像中一般甜美的音符，而且聲音並不是很大。但這樂音不僅沒有漸漸減弱消失，反倒變得越來越大聲。在短短一分鐘之內，聲音就變得比剛開始大上一倍。過沒多久，鐘聲就變得異常響亮，孩子們若是想說話的話（但他們現在根本就沒想到要說話——他們只是張大嘴巴站在那兒發愣），他們根本就沒辦法聽到對方的聲音。鐘聲很快就大到就算他們是用吼的，也休想聽清楚對方在說什麼了。但鐘聲仍在繼續增強：維持同一個音符，一個持續不斷的甜美樂聲，但甜美中卻蘊藏著某種令人毛骨悚然的特質，最後樂音強到響遍了整個大房間，在空氣中悸動迴盪，他們甚至可以感覺到腳下的石頭地板在不停顫動。然後，音符中終於開始摻雜了另一個聲音，一種模糊恐怖的聲音，剛開始聽起來彷彿是遠方火車的怒吼，接著再轉變為樹木倒落的轟隆聲。他們聽到一種像是重物落地的聲響。最後，伴隨著一聲突如其來的如雷巨響，和一陣幾乎將他們震得飛起的劇烈晃動，在房間一個角落，有大約四分之一的屋頂整個塌落下來，大塊大塊的泥石如暴雨般墜落在他們四周，甚至連牆壁都在不停搖晃。鐘聲停止。濃密的灰塵漸漸消散。一切全都回歸平靜。

他們終其一生都無法確定，當時房間屋頂之所以會塌落，究竟是因為魔法開始發揮作用，還是因為那聲驚天動地的巨響，恰好是周遭搖搖欲墜建築所無法承受的催命喪鐘。

「好了！現在你總該滿意了吧。」波莉喘著氣說。

「嗯，反正都已經結束啦。」狄哥里說。

他們兩人都以為事情已經結束了，但這是他們這輩子所犯過最大的錯誤。

# 5
# 可嘆字

他們一碰到戒指，整個淒涼的世界就立刻從他們眼前消失。
他們迅速往上衝，上方那片溫暖的綠光距離他們越來越近。

孩子們隔著掛著金鐘的柱子互相對望，金鐘仍在微微晃動，但已不再發出任何樂音。他們突然聽到，從房間最盡頭那完好無缺的角落，傳來一聲輕柔的聲響。他們用最快的速度轉過頭來。其中一個穿著長袍的人像，那具坐在最後面的蠟像，也就是狄哥里覺得很美的那個女人，已從椅子上站了起來。她站起來以後，他們才曉得她甚至比他們原先以為的還要高。即使她不是頭戴皇冠、身穿長袍，你也可以從她那炯炯發光的雙眼，和那線條堅毅的嘴唇，一眼就看出她是一位高貴的女王。她環顧房間四周，看到塌落的屋頂和兩個孩子，但你完全無法從她臉上的表情看出她是否感到訝異。她踏著飛快的步伐大步走上前來。

「是誰把我喚醒？是誰打破了魔咒？」

「我想應該是我吧。」狄哥里說。

「你！」女王說，伸手按住他的肩膀——那是一隻白皙美麗的手，狄哥里卻感到它就像鋼鉗一般強壯有力，「你？你只不過是個小孩，一個平凡的小孩。誰都可以一眼就看出，你渾身上下沒半滴皇室或貴族的血統。像你這樣的人，居然膽敢踏進這棟屋子？」

「我們是從另一個世界來的；是用魔法。」波莉說，她覺得女王就只理狄哥里一個人，現在總該注意她一下了。

「這是真的嗎？」女王問道，她仍然盯著狄哥里，甚至連瞥都不瞥波莉一眼。

「沒錯，是真的。」他說。

女王用另一隻手托住他的下巴，硬逼他抬起頭來，好看清他的面孔。狄哥里試著跟她對望，但過沒多久他就垂下眼睛。她的目光有某種令他不敢逼視的特質。她靜靜研究了他大約一分多鐘，然後她鬆開他的下巴說：

「你不是魔法師，你身上並沒有那種記號。你想必只是某個魔法師的僕人。你是借用某個人的魔法才能來到這裡。」

「那是我的安德魯舅舅。」狄哥里說。

就在那一刻，從屋外某個他們非常接近的地方，開始傳來一陣低沉的隆隆聲，接著再轉為唧唧嘎嘎的碎裂聲，最後變成泥石落地的轟隆巨響，而地板也開始劇烈晃動。

「情況非常危急，」女王說，「這整座宮殿都快要塌毀了。我們若是不能在幾分鐘之內逃出去，就會被埋在廢墟底下。」她的語氣十分鎮定，似乎只不過是在播報時間，「走吧。」她又加上一句，並對兩個孩子各伸出一隻手。波莉很討厭這個女王，而且心裡一直在生悶氣，她要是有辦法的話，是絕對不會讓女王牽她的手的。但女王說話的語氣雖十分鎮定，但動作卻快得很。波莉還來不及搞清楚是怎麼回事，她的左手就被一隻比她大比她有力的手抓住，因此她完全無能為力。

「這是一個可怕的女人，」波莉心中暗想，「她力氣大得很，只要隨便一扭，就可以把我的手拗斷。她現在抓住我的左手，害我根本就沒辦法去拿我的黃戒指。而我若是想把右手伸進左邊口袋，我大概還來不及碰到口袋就會被她發現，逼問我為什麼要這麼做。不管發生任何事，我們都絕不能讓她曉得戒指的功用。我希望狄哥里能有點頭腦，不要那麼大嘴巴。我真希望能私下警告他一聲。」

女王帶著他們走出「肖像廳」，踏入一條長長的走廊，然後穿越一座由廳堂和樓梯及天井所組成的龐大迷宮。他們不斷聽到這座大宮殿某部分倒塌的聲音，而且有時塌落處跟他們非常接近。還有一次，他們才剛穿越一座大拱門，門就轟隆隆地垮了下來。女王走得很快——孩子們必須用小跑步才能跟得上——但她完全沒露出一絲害怕的神情。狄哥里心裡想著：「她真是太勇敢了，又很堅強。她就是我心目中的女王！我真希望她能把這地方的故事全都告訴我們。」

他們繼續往前走的時候，她的確告訴了他們一些事情。「那是到地牢的大門」，她在途中曾這麼說，或是「那條走廊是通往主刑房」，或是「這是舊宴會廳。以前我的曾祖父把七百名貴族召到這兒來開宴會，結果他們還沒喝夠就全都被殺光了。誰叫他們要心存叛念」。

他們最後終於踏入一個比先前所有地方更大更高的大廳中。從這房間的廣大規模，以及盡頭處的氣派大門看來，狄哥里推斷他們現在必然已經到達了宮殿的主入口。這一點他倒是沒有猜錯。那扇門漆黑如墨，材質既不是黑檀木，也不是任何可以在我們世界中找到的黑色金屬。大門上扣著粗大的橫木，大多都高得碰不到，而且全都重得抬不動。他真不曉得他們要怎樣才能出得去。

女王放開他的手，舉起一隻手臂。她擺出一副威風凜凜的架式，一動也不動地站在門前。然後她說了句他們聽不懂的話（但感覺非常恐怖），並做了一個好像是朝大門扔東西的動作。那扇又高又重的大門，就像柔軟絲綢般地輕輕顫動了一下，接著就立刻粉碎塌毀，只在門檻上留下一堆灰塵。

「吁！」狄哥里吹了聲口哨。

「你那位魔法師主人，你的舅舅，他的法力有我這麼強嗎？」女王問道，再度緊握住狄哥里的手，「這我待會兒就會曉得了。在目前這段時間，你們最好別忘了剛才看到的景象。任何阻礙到我的人或事物，全都會落到這樣的下場。」

從那已空無一物的門口，湧入了他們在這地方從未見過的充裕光線，當女王帶領他們踏到門外之後，他們毫不意外地發現自己已來到了戶外。撲面而來的微風相當寒冷，但不知為何卻帶著些陳腐的氣味。他們現在是站在一個高台上俯瞰下方，眼前呈現出一幅壯觀的風景。

在靠近地平線的遠方，懸掛著一輪又大又紅的太陽，比我們世界的太陽大多了。狄哥里立刻感覺到，它同時也比我們的太陽衰老許多：那是一個生命即將走到終點的太陽，疲憊得已無力再俯瞰下方的世界。在太陽左方的高空中，有著一顆大而閃亮的孤星。在那整片漆黑的天空中，卻只有這兩樣東西互相作伴；它們是一對淒涼的伴侶。而在下方的地面上，不論你望向何處，在你目力所及範圍內，全都是一片綿延至地平線盡頭的廣大城市，但裡面卻完全看不到一個活物。所有的寺廟、尖塔、宮殿、金字塔，以及橋梁，全都在那衰頹太陽的照耀下，灑落下一道道狹長、令人心酸的影子。過去曾有一條大河流淌過這個城市，但河水早已失去蹤影，如今只殘留下一道填滿灰色塵埃的寬闊溝渠。

「好好欣賞這幅日後將永不復現的景象，」女王說，「這就是查恩，那偉大的城市，萬王之王的城市，它是這個世界，甚或是所有世界難得一見的奇觀。你舅舅統治的城市有像它這麼大嗎，孩子？」

「沒有。」狄哥里說。他想要解釋安德魯舅舅根本就沒統治任何城市，但女王又繼續說下去：

「如今它已沉寂下來。但當年我曾站在這裡，聽到四周充滿了查恩的各種聲響：行人的腳步聲，車輪唧唧嘎嘎的聲響、皮鞭劃過空中的劈啪聲、奴隸的呻吟、馬車轟隆隆的咆哮，以及寺廟中獻祭的咚咚鼓聲。我曾站在這裡（但一切都已近尾聲），聽到戰爭的怒吼響遍大街小巷，看到鮮血把查恩河水染紅。」她停下來，然後補上一句，「有個女人，在剎那間把這一切全都毀滅了。」

「是誰？」狄哥里用一種虛弱的聲音問道，但他心裡已經猜到了答案。

「我，」女王說，「是我，最後一任女王賈迪絲，我是這個世界的女王。」

兩個孩子默默站在原處，在寒風中直打哆嗦。

「那全是我姊姊的錯，」女王說，「是她逼我這麼做的。願所有神魔的詛咒永遠對她作祟！我隨時都可以跟她談和——是的，並且饒過她的性命，只要她肯乖乖讓出王位。但她不肯。她的驕傲毀了這整個世界。甚至在戰爭開始之後，大家都還遵守雙方皆不能使用魔法的神聖約定。但她先違反了這個約定，那我還能怎麼辦呢？她又不是不曉得我的法力比她高強！傻瓜！她甚至還知道我擁有『可嘆字』的祕密。難道她以為——她向來都是個懦夫——我沒膽使用它嗎？」

「那到底是什麼？」狄哥里問道。

「那是最神祕的祕密，」賈迪絲女王說，「早在遠古時代，我們這個族裔的君王就知道，若是運用正確的儀式說出某一個字眼，除了說話的那個人之外，一切生物全都會毀滅殆盡。但古代的君王生性懦弱、心腸太軟，給自己太多限制，而所有繼任者都必須先立下重誓，答應永不設法去了解關於那個字眼的任何知識。但我在一個祕密的地方學會了它，並因而付出慘痛的代價。我一直都沒有使用它，直到她逼我不得不這麼做。我用其他各式各樣的方法來對抗她。我讓我的軍隊血流成河——」

「野獸！」波莉低聲咒罵。

「最後一場大戰，」女王說，「是在這個查恩城裡整整激戰了三天三夜。那三天我一直站在這個地方，觀看下方的戰況。我依然未曾施展我的法力，直到我眼睜睜望著我最後一名戰士倒下，而那可惡的女人，我自己的親姊妹，率領叛軍衝上那道從城市通往高台的寬闊階梯。然後我靜靜等待，直到我們倆距離近得可以看清對方的面孔。她用那對邪惡恐怖的眼睛盯著我說：『勝利。』『沒錯，』我說，『是勝利，但贏的人並不是妳。』然後我就說出了『可嘆字』。才過一會兒，我就變成太陽底下唯一的活物了。」

「但那些人呢？」狄哥里屏息說。

「什麼人，孩子？」女王問道。

「所有的平民啊，」波莉說，「他們可從來沒傷害過妳。還有那些女人、小孩和動物啊。」

「你不懂嗎？」女王說（仍然是對狄哥里一個人說），「我是女王啊。他們全都是我的人民。他們活著不就是為了服從我的旨意嗎？」

「但事情還是一樣，他們真的很不幸。」他說。

「我忘了你只是個平凡的男孩。你怎麼能了解治國的道理呢？你必須知道，孩子，那些對你或是其他平凡人來說是錯誤的事，對像我這樣的偉大女王來說，卻並不一定是錯的。我們肩上背負著整個世界的重擔，我們絕對不能受到任何規範的束縛，我們擁有的是一種崇高且孤寂的命運。」

狄哥里突然回想起，安德魯舅舅也說過跟這一模一樣的話。但這些話由賈迪絲女王口中吐出，聽起來卻變得莊嚴高貴多了；這也許是因為安德魯舅舅並不是身高七呎，美得令人炫目的絕代佳人。

「那妳接下來做了什麼？」狄哥里問道。

「我已經對那座安放我祖先肖像的大廳，施了一些非常強的符咒。那些符咒的效用可以讓我自己也像肖像一樣，坐在他們之中沉睡，就算過了一千年，我也完全不需要吃東西或是烤火取暖，直到有個人來到這裡，敲鐘將我喚醒。」

「是『可嘆字』害太陽變成那種樣子嗎？」

「哪種樣子？」賈迪絲說。

「這麼大，這麼紅，又這麼冷。」

「它一直都是這樣，」賈迪絲說，「至少這幾十萬年來都是如此。你們世界的太陽跟這裡不一樣嗎？」

「沒錯，它比較小，也比較黃。而且溫暖多了。」

女王發出一聲拖得長長的「啊——啊——啊！」而狄哥里在她臉上看到一種貪婪飢渴的表情，就跟他最近在安德魯舅舅臉上看到的神情完全一樣，「你們的世界比較年輕。」

她沉默了一會兒，再度低頭望著那荒蕪的城市——就算她對自己在那裡所造的孽曾感到一絲抱歉，她的臉上也完全沒有顯露出來——然後她開口說：

「好，我們走吧。在一切世代終結之後，這裡變得非常寒冷。」

「走去哪裡？」兩個孩子異口同聲地問道。

「哪裡？」賈迪絲驚訝地重複道，「當然是去你們的世界。」

波莉和狄哥里面面相覷，兩人都嚇得半死。波莉打從一開始就很討厭這個女王；而在聽完這整個故事之後，甚至連狄哥里都覺得不太想再看到她了。不管怎麼說，她絕對不是你會想要帶回家去的那種人。而且就算他們想帶她回去，他們也不知道該怎麼做。他們只想趕快逃離這個地方。但波莉沒辦法拿到她的戒指，狄哥里自然不會拋下她不管。狄哥里的臉漲得通紅，講話也變得結結巴巴。

「喔——喔——我們的世界。我不——不曉得妳是想要到那兒去。」

「你們被送到這兒來，不就是為了來接我去的嗎？」賈迪絲問道。

「我確定妳絕對不會喜歡我們的世界，」狄哥里說，「那地方根本不合她的胃口，妳說是不是，波莉？那裡無聊得很；根本就不值得一看，我是說真的。」

「經過我統治以後，它很快就會大為改觀。」女王答道。

「喔，但妳不能這麼做啊，」狄哥里說，「這在那裡是行不通的。妳該曉得，他們是絕不會讓妳統治的。」

女王露出一個輕蔑的微笑。「許多偉大的國王，」她說，「自以為有能力對抗查恩王室。但最後他們全都失敗了，而他們的姓名也完全被遺忘。愚蠢的男孩！莫非你是認為，憑我的美貌和我的魔法，還無法讓我在一年之內，使你們整個世界臣服在我的腳下嗎？快準備你的咒文施法，立刻把我帶到那兒去吧。」

「這真的是太恐怖了。」狄哥里對波莉說。

「也許你是在替你的舅舅擔心，」賈迪絲說，「但只要他能對我表示相當的敬意，他就可以保住**他的**性命和王位。我到你們那兒去，並不是為了要對付他。他能找到方法把你們送到這兒來，想必是一位非常偉大的魔法師。他是你們整個世界的國王，還是只統治部分地區？」

「他根本就沒統治任何地方。」狄哥里說。

「你說謊，」女王說，「魔法不都是皇室特有的天賦嗎？世上哪會有出身平民的魔法師？我一眼就可以看出你說的是不是實話。你的舅舅是你們世界至高無上的君王，同時也是一位法力高強的魔法師，他曾運用他的法術，在某個魔鏡，或是某個施了法術的水池裡，瞥見我面孔的倒影；由於他愛上我的美貌，於是他施了一個足以撼動你們世界基礎的有效符咒，越過世界與世界之間的鴻溝，將你們送到這裡向我示好，並將我帶到他面前。現在回答我：是不是就是這麼回事？」

「嗯，**不完全是**。」狄哥里說。

「不完全是？」波莉喊道，「什麼嘛，根本從頭到尾全都是胡說八道。」

「臭丫頭！」女王大喊，勃然大怒地轉向波莉，一把揪住她的頭髮，而且故意選最痛的頭頂部位。但她在這麼做的時候，也同時鬆開了兩個孩子的手。「就是現在！」狄哥里喊道，波莉喊道：「快！」他們兩人將左手插進口袋。他們甚至不需要戴上戒指。他們一碰到戒指，整個淒涼的世界就立刻從他們眼前消失。他們迅速往上衝，上方那片溫暖的綠光距離他們越來越近。

# 6
# 安德魯舅舅
# 開始惹上麻煩

就在那一刻，大門突然被用力推開。

門前站了一個身材高大，眼睛閃閃發光的女人。

那就是女巫。

「放手！快放手啊！」波莉尖叫。

「我又沒碰妳！」狄哥里說。

然後他們的頭開始冒出池面，「界中林」那種陽光充盈的寧靜，又再度環繞在他們四周。在離開那滿是陳腐氣氛與荒涼廢墟的地方之後，這裡似乎顯得比先前更加豐富、更加溫暖，也更加安詳靜謐。我想他們要是有機會的話，必然會再度忘了他們是誰，也不曉得自己來自何方，他們將會躺下來，邊打瞌睡邊聆聽樹木生長的聲音，好好享受一番。但這次卻有某件事逼使他們盡可能保持清醒：他們才剛爬到草地上，就發現這裡並不是只有他們兩個人。那個女王，或是女巫（隨你愛怎麼稱呼她都行）也緊抓著波莉的頭髮，跟著他們一起爬到岸上。這就是波莉剛才為什麼會猛喊「放手！」的原因。

這順帶證明了戒指的另一件事實，安德魯舅舅並未告訴狄哥里這一點，因為連他自己也不曉得。若要運用其中某個戒指，從一個世界跳到另外一個世界，你並不需要自己戴上它或是碰到它；你只要能碰到某個摸到戒指的人就行了。在這方面，它們的功用跟磁鐵差不多；而大家都曉得，你若是用磁鐵吸起一個大頭針，其他大頭針只要碰到這根針，也同樣會被吸起來。

賈迪絲女王到了樹林中以後，看起來簡直像是換了個人似的。她變得比以前蒼白許多；蒼白得幾乎完全看不出她的美貌。而且她彎下腰來，露出一副呼吸困難的模樣，這地方的空氣似乎令她感到窒息。現在這兩個孩子都覺得她根本一點也不可怕了。

「放手！放開我的頭髮，」波莉說，「妳幹嘛抓我頭髮啊？」

「喂！放開她的頭髮。快呀。」狄哥里說。

他們兩人都轉過身來，奮力掙脫她的掌握。現在他們的力氣比她大多了，過沒幾秒，他們就強迫她鬆開了手。她踉踉蹌蹌地退向後方，大口大口地喘氣，眼中露出一絲恐懼的神情。

「快點，狄哥里！」波莉說，「趕緊換上戒指，跳進回家的水池。」

「救命！救命呀！發發慈悲吧！」女巫用虛弱的聲音喊道，並跌跌撞撞地在他們身後追趕，「帶我跟你們一起走。你們不能把我一個人丟在這恐怖的地方啊，我會沒命的。」

「這就是治國的道理啊，」波莉懷恨地表示，「就跟妳把妳自己世界的人全都殺光是一樣的啊。快一點，狄哥里。」他們已經戴上了綠戒指，但狄哥里說：「喔，真麻煩！我們現在該怎麼辦？」他忍不住有點替女王感到難過。

「喔，你不要那麼笨好不好，」波莉說，「我看她根本是在裝模作樣。走了啦。」然後兩個孩子就跳進了回家的水池，「幸好我們剛才有做記號。」波莉心想。但他們才跳下去，狄哥里就感到他的耳朵被一根又大又冰的手指和大拇指給緊緊抓住。當他們沉入水中，而我們自己世界的模糊光影開始變得越來越清晰時，那冰冷的手指和大拇指也就越抓越緊。女巫顯然正在迅速恢復她的力量。狄哥里亂踢亂蹬地拚命掙扎，卻一點用也沒有。轉眼間他們就發現自己已回到安德魯舅舅的書房；而安德魯舅舅正瞪大眼睛，望著狄哥里從世界之外所帶回來的神奇生物。

也難怪他會看得發愣。連狄哥里和波莉自己都看呆了。女巫顯然已不再虛弱無力；當你在我們自己的世界，在周遭平凡事物的襯托下看到她時，她會讓你驚得幾乎喘不過氣來。她在查恩時就已經夠嚇人的了，但到了倫敦之後，她簡直就是恐怖至極。首先呢，他們直到現在才真正了解到，她究竟有多麼高大。「根本就不像是人類。」狄哥里看到她時，心裡不禁湧現出這樣的念頭；而他的看法或許是對的，因為有人說查恩王室有著巨人的血統。但即使是她高大的身材，都還比不上她的美貌、她的凶悍和她的野性那麼令人印象深刻。她看起來比倫敦街上大多數人，至少多出十倍的生命力。安德魯舅舅正在連連鞠躬並猛搓雙手，說實話，他看起來簡直就快要嚇壞了。他跟站在旁邊的女巫一比，活像是個微不足道的矮冬瓜。不過呢，就像波莉後來所說的，他們臉上的某種神情，使他們兩人的面孔看起來有些相像。那是所有邪惡魔法師所共有的表情，也就是賈迪絲說她無法在狄哥里臉上看到的那種「標記」。看到這兩人站在一起有個好處，那就是，你這輩子永遠也不會再怕安德魯舅舅了，這就跟你在碰到響尾蛇以後不會怕蟲，見過狂牛之後不會再怕乳牛是同樣的道理。

「**呸！**」狄哥里心裡想，「**他**還有臉自稱為魔法師**！**他也配。**她**才是貨真價實的正牌貨嘛。」

安德魯舅舅仍在不停地鞠躬搓手。他想要說出一些恭維話來獻殷勤，但他的嘴巴卻變得乾得要命，因此根本連一個字也說不出來。他所謂的戒指「實驗」，結果居然大有斬獲，成功得令他感到不安：他雖然浸淫魔法多年，但他總是（盡可能）把所有危險事全留給別人去做。他以前可從來沒碰過像現在這種情況。

然後賈迪絲開口說話；她的聲音並不大，但她的嗓音卻有某種使整個房間為之震動的特質。

「將我喚進這個世界的魔法師在何處？」

「啊——啊——夫人，」安德魯舅舅喘著氣說，「我感到十分榮幸——滿懷欣喜——真是個最出乎意外的驚喜——要是我能有機會先做個準備就好了——我——我——」

「魔法師在哪裡，蠢材？」賈迪絲說。

「我——我就是，夫人。我希望妳能原諒——呃——這兩個頑童對妳的冒犯。我可以對妳保證，我絕對無意——」

「你？」女王的聲音變得更加駭人。接著她就一個箭步越過房間，一把揪起安德魯舅舅的灰髮，將他的頭往後扯，強迫他抬頭面對著她。然後就跟她在查恩宮殿中研究狄哥里面孔時的情形一樣，她也開始仔細研究他的面孔。他一直在不停眨眼，猛舔嘴唇。最後她終於放開了他；她突然鬆手，害他跌跌撞撞地一路退到牆邊。

「我知道了，」她不屑地說，「你是一個巫師——勉強算是吧。站起來答話，畜生，別癱在地上，你現在可不是在跟與你同樣的畜生說話。你是怎麼學會魔法的？我確定你身上沒半滴皇室的血統。」

「嗯，這個嘛——啊——嚴格說來也許不算是，」安德魯結結巴巴地說，「不能算是真的皇室血統，夫人。但話說回來，凱特里家族可是一個非常古老的家族。是多塞特郡*的古老家族呢，夫人。」

---

*英格蘭南部一郡，瀕臨英吉利海峽，哈代曾在其作品中描寫過這個地區。

「安靜，」女巫說，「我知道你是什麼貨色了。你是個上不了檯面的小魔法師，只會按照規則和書本施法。你身上完全找不到一點真正魔法師的天分和氣質。在我的世界裡，像你們這類小角色，早在一千年前就已經絕跡了。但在這裡我會特准你做我的僕人。」

「我實在是太快樂了——真高興能為妳效勞——真是天大的福——福——氣啊。」

「安靜！你太囉嗦了。現在乖乖聽你的第一件任務。我看出我們現在是在一個大城市裡。立刻去替我弄一輛馬車或一張飛毯或一頭訓練有素的龍，或是你們國家王公貴族平常使用的交通工具過來。然後再帶我去找些地方，買點適合我身分地位的衣服珠寶和奴隸。明天我就要開始征服這個世界。」

「我——我——我這就馬上去叫輛出租馬車。」安德魯舅舅喘著氣說。

「站住，」他才走到門邊就被女巫喝住，「你休想背叛我。我的目光能穿越牆壁並看透人心。不論你走到哪兒，我的目光都會緊跟著你不放。你只要露出一絲叛意，我就會對你下毒咒，以後每當你坐下來，就會感到椅子變成灼燙的熱鐵；每當你躺下來，就會感到腳下有一堆看不見的冰塊。現在去吧。」

老男人走出去，看起來活像是一頭夾著尾巴的喪家之犬。

孩子們現在很怕賈迪絲會為樹林裡的事而找他們算帳。但結果卻是，她不論是在那時或是在事後，都對這件事絕口不提。我認為（而狄哥里也是這麼想）她的腦袋天生就完全記不住那個安靜的地方，不論你多常帶她到那兒去，或是讓她在那裡待上多久，她仍然對它一無所知。現在房間裡就只剩下她和兩個孩子，但她根本就不理他們。這也很像是她的作風。在查恩時她完全不理波莉（一直到最後才注意到波莉），因為她要利用的人是狄哥里。現在她有了安德魯舅舅，所以她就不理狄哥里了。我想大多數女巫都是這樣。她們對於無法讓她們利用的人或事物，根本就懶得理會；她們非常實際。因此房間安靜了一、兩分鐘。但你可以從賈迪絲那副用腳在地上打拍子的模樣看出，她變得越來越沒耐心了。

不久之後她開口說話，但卻像是在自言自語：「那個老傻瓜在搞什麼鬼？我真該帶根鞭子過來的。」她連瞥都沒瞥兩個孩子一眼，就昂首闊步地出去找安德魯舅舅去了。

「呼！」波莉如獲大赦地長長吁了一口氣，「現在我得回家了。時間好晚嘍囉，我會被罵死的。」

「那好吧，但妳一定要快點回來，」狄哥里說，「讓她跑到這裡來真是糟糕透頂。我們必須想點辦法。」

「叫你的安德魯舅舅去想辦法啊，」波莉說，「都是他亂搞什麼魔法，才會惹上這種天大的麻煩。」

「就算這樣，妳還是得回來對不對？真是豈有此理，妳總不能把這爛攤子丟給我一個人吧。」

「我會爬隧道回家，」波莉的語氣相當冷漠，「這是最快的捷徑。你要是希望我回來的話，你是不是該先跟我說聲對不起？」

「對不起？」狄哥里驚呼，「真是的，妳們女生就是這麼煩！我又哪裡惹到妳啦？」

「喔，當然沒什麼大不了啦，」波莉諷刺地說，「只不過是在那個全都是蠟像的房間裡，差點把我的手給扭斷，活像是個野蠻的惡霸。只不過硬是要拿錘子去敲鐘，活像是天字第一號大白痴。只不過是在樹林裡拖拖拉拉的，才讓她找到機會在我們跳進回家的水池前抓住你。就只是這樣罷了。」

「哦，」狄哥里非常驚訝，「嗯，好吧，那我就跟妳說聲對不起嘛。而且在蠟像廳裡發生的事，我是真的覺得很抱歉。可以了吧？我已經說過對不起了。現在就拜託妳好心一點，回到這兒來吧。妳要是不回來我就慘了。」

「我可看不出你有什麼好慘的。反正會坐燙椅子睡冰塊床的人是凱特里先生嘛，你說是不是？」

「我不是指這個，」狄哥里說，「我是擔心我母親。要是那個怪物闖進她房間怎麼辦？她說不定會被活活嚇死。」

「喔，我懂了，」波莉的語氣變得不太一樣了，「好吧。那我們就別再吵了。我會回來的——我盡量。但我現在真的得走了。」接著她就越過小門爬進隧道；而那個位於椽木間的黑暗地帶，在幾個小時前看來是那麼地驚險刺激，現在卻似乎已經變得十分平淡乏味了。

我們現在必須把焦點拉回安德魯舅舅身上。在他跌跌撞撞地走下閣樓樓梯時，他那顆可憐的衰老心臟一直在怦怦跳個不停，還不停用手帕輕按額頭擦冷汗。他一走進他那位於樓下的臥室，就立刻鎖上房門。他做的第一件事，就是把手伸進衣櫥裡摸索，把他藏在裡面免得讓莉蒂阿姨找到的酒瓶和酒杯拿出來。他替自己倒了一整杯噁心的大人飲料，一口氣喝個精光。然後深深吸了一口氣。

「說實在，」他自言自語道，「我可真是嚇壞了。真麻煩！我都已經這麼大把年紀了！」

他倒了第二杯酒，又一口氣喝光，然後就開始換衣服。你從來沒見過那樣的服裝，但我可以清楚記得它們的模樣。他先戴上一個非常高級並閃閃發亮，卻又硬得要命的衣領，就是會逼你老是抬高下巴的那一種。他穿上一件有圖案的白背心，再刻意把他的金錶鍊調到前襟位置。然後套上最好的一件大禮服，通常他只有在參加婚禮和葬禮時才捨得穿。他取出最好的禮帽，將它擦拭乾淨。他的鏡台上擺了一瓶花（自然是莉蒂阿姨放的）；他抓起一朵花插進他的鈕釦孔。他從左邊的小抽屜裡取出一條乾淨手帕（現在已經買不到那麼漂亮的手帕了），往上面灑了幾滴香水。他用厚厚的黑緞拈起單片眼鏡塞進眼窩。

你也曉得，孩子們有孩子們的傻氣，而大人同樣也有大人的傻氣。此時安德魯舅舅就開始表現出一種只有大人才會有的傻氣舉動。現在女巫已不再跟他待在同一個房間裡，因此他很快就忘了自己剛才有多怕她，反倒開始痴心妄想，惦念起她那驚人的美貌來了。他不停地告訴自己：「這女人好漂亮，老兄，漂亮得不得了哪。真是上帝的傑作。」他同時也完全忘了那個「上帝的傑作」，其實是兩個孩子找到的；他似乎是認為，完全是他自己用魔法，將她從未知的世界喚到了這裡。

「安德魯呀，老小子，」他望著鏡中的倒影自言自語，「以你這把年紀來說，你可實在是保養得太好了。你看看自己有多帥啊，老兄。」

你懂了吧，這個愚蠢的老男人，事實上已經開始在幻想女巫會愛上他了。他會這麼想，那兩杯飲料和他那身漂亮的行頭，大概發揮了不少催化作用。但不論如何，他原本就是個愛虛榮好炫耀的人；而那就是他為什麼會成為魔法師的原因。

他打開房門，走到樓下，派遣女傭去租一輛雙輪小馬車（那個年代，每個人家裡都有一大堆僕人），再把頭探進客廳望了一眼。果然不出他所料，莉蒂阿姨就坐在裡面。她正忙著縫補床墊。她將床墊擱在窗邊的地板上，跪坐在墊子上專心縫補。

「啊，我親愛的莉蒂兒，」安德魯舅舅說，「我——呃——得出門一趟。只要借我五英鎊左右就行了，聽話嘛，乖妞兒。」（他總是叫女孩「妞兒」）。

「不行，安德魯，親愛的，」莉蒂阿姨繼續專心工作，連頭都沒抬一下，就用她那堅定冷靜的語氣答道，「我已經數不清告訴過你多少次了，我**絕對不會**再借給你一毛錢。」

「拜託妳別給我添麻煩了，我的乖妞兒，」安德魯舅舅說，「這件事很重要。妳要是不幫我的話，我可就要倒大楣嘍。」

「安德魯，」莉蒂阿姨抬頭正視著他的臉孔說，「我真搞不懂，你怎麼還有臉向我要錢。」

在這些話背後，藏了一個大人那種既冗長又無聊的故事。你只需要知道，安德魯用「替親愛的莉蒂處理財物問題」作為藉口，結果他不僅什麼也沒做，反倒還因為買白蘭地和雪茄簽了一大堆帳（莉蒂阿姨只好一次又一次替他付清帳款），結果害她變得比三十年前還窮多了。

「我親愛的乖妞兒，」安德魯舅舅說，「妳不懂啊。我今天會有些額外的開銷。我得準備點東西招待客人呀。好了啦，不要這麼煩嘛。」

「那請問你的客人是誰啊，安德魯？」莉蒂阿姨問道。

「有——有位最高尚的客人來了。」

「高尚個鬼！」莉蒂阿姨說，「整個鐘頭門鈴都沒響過一聲。」

就在那一刻，大門突然被用力推開。莉蒂阿姨轉過頭來，驚愕地看到門前站了一個身材高大，服飾華麗，雙臂裸露，眼睛閃閃發光的女人。那就是女巫。

# 7

# 大門前的鬧劇

整條街上的房子全都拉開窗戶，

而每家門前都出現一名女僕或是僕役長。

他們全都跑出來想要看熱鬧。

「現在告訴我，奴才，到底還要我等多久馬車才會過來？」女巫怒吼。安德魯嚇得瑟縮著身子避開她。現在她活生生地站在他面前，他剛才在鏡子前顧影自憐時的所有傻念頭，全都立刻煙消雲散。但莉蒂阿姨卻立刻站起來，走到房間正中央。

「請你告訴我，安德魯，這個年輕人是誰呀？」莉蒂阿姨冷冰冰地問道。

「一位顯赫的外國貴賓——非——非常重要的權貴人士。」他結結巴巴地說。

「鬼扯！」莉蒂阿姨說。接著她就轉身望著女巫說：「立刻滾出我的房子，妳這無恥的賤貨，要不然我就要去叫警察了。」她以為女巫一定是馬戲團的人，而且那雙裸露的臂膀也讓她看了很不順眼。

「這女人是誰？」賈迪絲說，「妳快給我跪下，奴婢，免得我一怒之下施咒把妳炸毀。」

「在我這棟屋子裡，妳說話**最好**放尊重一點，年輕人。」莉蒂阿姨說。

在安德魯舅舅眼中，女巫似乎在剎那間身材突然暴脹，變得甚至比先前還要高大。她的眼中燃起熊熊怒火，她猛然揮出一隻手臂，擺出她不久之前將查恩宮殿大門化為齏粉時的同一個姿勢，並發出同樣可怕的聲音。但結果什麼事也沒發生，而莉蒂阿姨還誤以為那些可怕的話，只不過是含混不清的普通英語，並說：「這女人是個醉鬼。醉鬼！她甚至連話都說不清楚。」

當女巫在剎那間發現，她那將人化為齏粉的魔法，在她自己的世界中雖然相當有效，但在我們的世界中卻毫無作用時，那對她來說必然是極端可怕的一刻。但她甚至連眼睛都沒眨一下，不曾露出一絲怯意。女巫並未浪費心力去失望沮喪，立刻快步衝向前去，抱住莉蒂阿姨的脖子和膝蓋，毫不費力地將她高舉到頭頂上，就好像她只是個洋娃娃似的，然後再將她扔到房間對面。就在莉蒂阿姨咻的一聲越過空中時，女僕（她度過一個令人興奮的美好早晨）正好從門口探進頭來說：「老爺，出租雙輪馬車來了。」

「帶路吧，奴才。」女巫對安德魯舅舅說。他開始口中唸唸有詞，叨叨說些「令人遺憾的暴行——必須挺身反抗」之類的話，但賈迪絲才瞥了他一眼，他就嚇得立刻閉上嘴巴。她強迫他離開房間走到屋外；而狄哥里跑下樓梯時，正好看到大門在他眼前關上。

「啊！」他說，「她跑到倫敦大街上去了。而且還跟安德魯舅舅在一起，現在我真不曉得會出什麼事了。」

「喔，狄哥里少爺，」女僕（她今天真的是過得非常愉快）說，「凱特里小姐好像受傷了。」於是他們兩人立刻衝進客廳，去檢查她的傷勢。

莉蒂阿姨若是摔到光禿禿的地板上，甚或是地毯上的話，那我想她大概全身的骨頭都會摔斷，但她的運氣非常好，正好不偏不倚地落到了床墊上。莉蒂阿姨是一位很硬氣的老太太：那個年代的阿姨通常都是如此。在服了點提神藥，坐著休息了幾分鐘之後，她就說她只是身上多了幾塊瘀青，沒什麼大礙。她很快就開始主掌大局，著手處理目前的狀況。

「莎拉，」她對女僕（今天真是她有生以來最棒的一天）說，「立刻繞到警察局，告訴他們有一個危險的神經病跑出來了。我會負責替寇克太太送餐。」寇克太太自然就是狄哥里的母親。

在替母親送過餐之後，狄哥里和莉蒂阿姨兩人也開始用餐。吃完飯以後，他就開始專心思考。

現在的問題是，他該如何盡快讓女巫回到她自己的世界，或至少是離開我們的世界。不管發生任何事，都不能再讓她到家裡亂闖亂鬧了。絕對不能讓母親看到她。而且，如果可能的話，最好也別讓她在倫敦城裡亂闖亂鬧。當她在客廳中企圖施咒炸毀莉蒂阿姨時，狄哥里並不在場，但他曾在查恩親眼看到她施咒炸毀宮殿大門，因此他只知道她擁有可怕的法力，卻不曉得她在進入我們的世界之後法術就失靈了。同時他也知道她想征服我們的世界。在他看來，她現在說不定已經在施咒炸毀白金漢宮或是議會大廈了。他幾乎可以確定，現在已有相當多警察變成了一堆堆的灰塵。而面對這樣的情況，他卻完全無能為力。「戒指好像具有磁鐵的作用，」狄哥里心想，「只要我能碰到她，再趕緊戴上黃戒指，我們兩個就會一起進入『界中林』。但我想先搞清楚，她到了那兒以後，是不是還會變得跟上次一樣虛弱？究竟是那地方對她有害，還是她因被迫離開自己的世界而嚇破了膽？我想我必須冒這個險。我要怎樣才能找到那個惡人呀？而且，我要是不跟莉蒂阿姨說我要去哪裡，她是絕對不會放我出門去的。還有，我身上就只有兩毛錢。如果我得找遍整個倫敦城的話，天曉得我光是坐公車和電車就要花多少錢呀。不知道安德魯舅舅是不是還跟她在一起。」

想到最後，他唯一能做的似乎就是靜靜等待，祈禱安德魯舅舅和女巫會重新回到這裡。只要他們一回來，他就必須趕在女巫走進這棟屋子之前，馬上衝出去抓住她，再立刻戴上黃戒指。這表示他得像貓看守老鼠洞似地緊盯著大門不放；他一刻也不敢離開他的崗位。他走進餐廳，就像人們常說的一樣，「把臉整個黏在」窗戶上。這是一扇朝外凸出的弓形窗，你可以透過窗口看到大門前的階梯與整條街道，因此只要有任何人靠近大門，都無法逃過你的眼睛。「不曉得波莉現在在幹嘛？」狄哥里心想。

他花了很多時間思索這個問題，而剛開始半個鐘頭的緩慢等待時光，就這樣一點一滴地流逝消失。但你沒必要花時間想這個問題，因為我馬上就會告訴你了。她太晚回家，沒趕上用餐時間，而且她的鞋襪還濕答答的。當他們詢問她到底去了哪裡又做了什麼時，她答說她是跟狄哥里・寇克一起出去玩。在面對更進一步的質問時，她只好招供說她是在一個水池裡弄濕了腳，而那個水池是在一座樹林裡面。於是他們又追問樹林在哪裡，她推說她不知道。而在問到樹林是不是在某個公園裡時，她相當誠實地表示，她猜想那應該可以算是某種公園吧。波莉的母親根據這所有的答案，推斷出一個結果，她認為波莉根本就是偷偷溜出門，跑到倫敦城裡某個她根本不認識的地區，走進某個奇怪的公園，跳進泥水池裡玩耍。結果她被狠狠訓了一頓，說她實在太過頑皮，而她下次要是膽敢再犯，就不准她再跟「那個寇克家的男孩」一起玩了。然後他們給了她一份簡陋的餐點，裡面好吃的東西全都被拿走，並命令她到床上去躺整整兩個鐘頭。那個年代的小孩經常會遭受到這種待遇。

因此，當狄哥里貼在餐廳窗前朝外張望時，波莉正躺在床上，他們兩人都感到時間過得太慢了。我個人是認為，如果要我選的話，我還寧可跟波莉一樣。她只要挨過兩個鐘頭，等處罰結束就行了，但狄哥里每隔幾分鐘，只要一有任何風吹草動，比方說是聽到出租馬車、麵包車，或是肉鋪小弟繞過轉角，他就會告訴自己：「她來了。」但結果卻發現只是虛驚一場。除了這些自己嚇自己的時間之外，中間空檔彷彿有好幾個鐘頭那麼漫長，只聽得到時鐘滴答滴答的聲響，和窗邊一隻大蒼蠅——牠飛得太高根本打不到——的嗡嗡聲。這就是那種下午會變得非常安靜沉悶，而且似乎總是帶著一股羊肉味的房子。

在他靜靜守候等待的漫長時間中，發生了一件我不得不提的小事，因為它稍後會引出某件非常重要的事情。一位女士帶著些要送給狄哥里母親的葡萄登門拜訪；餐廳的門是開著的，所以當莉蒂阿姨和那位女士站在玄關交談時，他忍不住偷聽她們的談話。

「這葡萄真漂亮！」莉蒂阿姨的話飄送到他耳中，「要是世上真有東西能幫她度過難關，我敢說什麼都比不上這些葡萄有效。但我那可憐、親愛的小梅貝兒！我看現在就只有『青春國度』的果子才幫得了她了。這個世界裡的東西恐怕都沒什麼用嘍。」接著她們兩人就壓低嗓門，用他聽不到的聲音嘰嘰咕咕說了許久。

他若是在幾天前聽到這一段關於青春國度的談話，他會認為莉蒂阿姨就跟其他大人一樣，只不過是隨口說說，沒什麼特別的意思，而這也不會勾起他的任何興趣。他甚至連現在也差點就這麼想。但此時他腦中突然靈光一閃，想到他現在已經知道（雖然莉蒂阿姨仍然一無所知）真的有其他的世界存在，而且他自己還到過其中一個世界。照這種情形推斷，說不定在某個地方真的有一個「青春國度」。在某個其他世界裡的果子，說不定真的能治好他的母親！喔，喔——你該曉得，當你對某種非常渴望的事物開始懷抱希望時，你心裡是什麼樣的感覺；你幾乎想要去抗拒這份希望，因為那實在是太美好了，美好得令人不敢相信，而你過去已經失望過太多次了。狄哥里現在就是這種感覺。但他無論如何都無法壓抑住這份希望。它說不定——真的，真的，它說不定是事實哩。反正都已經發生這麼多怪事了，而且他還有魔法戒指呢。樹林中的每一個水池，必然都可以通往某個其他的世界。他可以尋遍所有的世界。然後——**母親就會重新恢復健康**。一切也都會回歸正常。他完全忘了自己正在等候女巫。就在他差點要將手伸進那個放著黃戒指的口袋時，他忽然聽到一陣疾馳的馬蹄聲。

「咦！那是什麼聲音？」狄哥里心想，「消防車嗎？不曉得是哪家失火了。天哪，它往這邊來了。哎呀，是她。」

我想我不用告訴你，他說的**她**是指誰吧。

最先映入眼簾的是一輛雙人出租馬車。車夫的座位是空的。當馬車傾斜車身，讓一個輪子懸在半空中，全速繞過轉角時，那個以絕佳的平衡感在車頂上——不是坐著，而是站在車頂上——微微搖晃的人，正是那名來自查恩的可怕人物，至高無上的女王賈迪絲。她露出一口白牙，雙眼散發出燃燒般的光芒，她的長髮宛如彗星尾巴似地在身後飛揚。她毫不留情地鞭打馬匹。馬兒的鼻孔大大張開，明顯泛紅，腹側結滿一顆顆的汗珠。牠狂奔衝向前門，以一吋之差閃過路燈柱，然後用後腿人立起來。雙輪出租馬車砰的一聲撞上路燈柱，裂成了好幾半。女巫身手不凡地及時縱身一跳，俐落地跳到馬背上。她跨坐在馬背上，俯身向前，附在馬兒耳邊悄聲說了幾句話。這些話的用意顯然並不是要安撫牠，反而讓牠變得更加狂亂。牠在瞬間又再度用後腿站立起來，嘶聲變成了淒厲的尖叫；牠拚命地掙扎，馬蹄亂踢，牙齒狂咬，眼珠骨碌碌轉動，奮力甩動鬃毛。只有最厲害的騎士，才有辦法待在馬背上不掉下來。

狄哥里還感到驚魂未定，又開始接二連三地發生了一大堆事情。第二輛雙輪出租小馬車緊跟著衝了過來，從車上跳下一個穿著大禮服的胖子和一名警察。然後又出現了第三輛出租馬車，上面坐著另外兩名警察。接下來大約有二十人騎著腳踏車（大多是僮僕），騎車的人全都在不停按鈴，並扯著喉嚨大聲歡呼叫囂。隊伍最後面是一大群行人，全都跑得汗流浹背，但神情顯得非常愉快。整條街上的房子全都拉開窗戶，而每家門前都出現一名女僕或是僕役長。他們全都跑出來想要看熱鬧。

此時有一名老紳士開始搖搖晃晃地想要從第一輛馬車殘骸中爬出來。有幾個人連忙衝過去幫他，但因為大家手忙腳亂，一個人忙著拉這邊，另一個人又硬要拉那邊，說不定讓他自己爬起來反倒還快些。狄哥里猜想那個老紳士一定就是安德魯舅舅，卻無法看清他的臉；他的臉被壓扁的禮帽整個蓋住。

狄哥里連忙衝出去混進人群裡。

「就是那個女的，就是那個女的，」胖子指著賈迪絲喊道，「快去抓人哪，康斯特保。她從我店裡搶走了一堆價值連城的珠寶。看看她脖子上那串珍珠項鍊，那是我的東西呀。更過分的是，她還把我一隻眼睛給打黑了。」

「的確是她沒錯，大人，」群眾裡有個人說，「我這輩子還沒看過這麼清楚的黑眼圈。真是個漂亮的傑作。老天！她力氣還真大咧！」

「你應該拿片生牛排好好敷一敷，老爺，這樣才好得快。」一名肉鋪夥計說。

「喂，」地位最高的警察說，「這到底是怎麼回事？」

「我跟你說她——」胖子才剛開口，就有某個人大聲喊道：

「別讓馬車裡那個老混蛋給溜走。他跟她是一夥的。」

那名老紳士確實就是安德魯舅舅，他好不容易站了起來，現在正忙著揉身上的瘀青。「喂，」那名警察轉頭望著他問道，「這是怎麼回事？」

「外——阿我——阿屋捱。」從帽子裡傳來安德魯舅舅的聲音。

「少跟我來這一套，」警察聲色俱厲地說，「這可不是開玩笑的事。快把它脫下來，聽到了沒有？」

這件事說的比做的容易多啦。安德魯舅舅掙扎了好一會兒，還是沒辦法脫下帽子，其他兩名警察實在看不過去，抓住帽簷硬把它扯了下來。

「謝謝你們，謝謝你們，」安德魯舅舅用虛弱的聲音表示，「謝謝你們，我的天哪，真把我給嚇壞了。要是有人可以給我一小杯白蘭地——」

「現在請你專心聽我問話，」警察說，他掏出一本非常大的筆記本，和一枝非常小的鉛筆，「那個年輕女人的行為是由你負責嗎？」

「當心！」有幾個人喊道，警察及時往後跳了一步。馬兒剛才朝他狠狠踢了過來，要是被踢中的話，他很可能就沒命了。接著女巫就驅使馬匹掉過頭來，讓她面對著群眾，而馬兒的後腿也因此踏到了人行道上。她手裡握著一把亮晃晃的長刀，正忙著割斷馬身上的繩索，好讓牠脫離那堆馬車殘骸。

在這整段時間中，狄哥里一直設法挪到女巫附近好去碰她。這並不是件容易的事，因為前方擠了太多人，他根本就走不過去，而他若是想從旁邊繞路的話，他就必須從馬蹄和那圈環繞在房屋周圍的「凹庭」*柵欄中間穿過去；因為凱特里家的房子有一個地下室。你要是對馬兒稍稍有點認識，特別是當你看到那匹馬兒目前的狀況時，你就會知道這麼做有多麼困難。狄哥里非常了解馬兒的習性，但他依然咬緊牙關，準備一等到恰當時機就全速衝過去。

一個戴著高頂禮帽的紅臉男人，現在擠到了人潮最前方。

「嗨！警——警察，」他說，「她現在坐的是俺的馬兒，而且那輛被她弄成一堆碎片的馬車也是俺的。」

「一件一件來，拜託，一件一件來。」警察說。

「但俺可沒時間等你一件一件來，」出租馬車的馬車夫說，「那匹馬兒的性子俺可比你懂多嘍。牠不是一匹普通的馬呀。牠爹可是一位騎兵隊軍官的戰馬呢，錯不了的。要是這個小妞再繼續惹牠發火的話，眼看就要出人命嘍。好，讓俺來對付牠吧。」

警察自然是求之不得，他早就想找個好理由避開那匹馬兒。馬車夫往前走近了一步，抬頭望著賈迪絲，用一種還滿親切的口吻說：

「好了，小小姐，讓俺來抓住牠的頭，妳就快點下來吧。妳可是位淑女哩，妳不會想要管這些苦差事吧？妳該回家去喝杯好茶，躺下來好好休息一會兒；這樣妳就會覺得舒服多了。」他邊說邊伸手探向馬兒的頭，嘴裡喃喃唸道：「乖嘛，草莓，老小子，乖乖聽話嘛。」

然後女巫終於開口說話。

「畜生！」她那冰冷而清晰的嗓音在四周轟隆隆地迴盪，蓋過其他一切聲響，「畜生，放開朕的皇家戰馬。朕乃賈迪絲女皇。」

---

＊英國老式建築以欄杆與人行道區隔的低窪庭院，有便門可通往地下室。

# 8
# 路燈柱之戰

他們腳下是一片涼爽平坦的地面，那有可能是泥土，
但上面顯然並沒有任何青草或是樹木。
空氣冰冷乾燥，沒有一絲微風。

「呵！妳是女皇？咱們等著瞧好了。」一個聲音說。然後又有另一個聲音說：「大家快來為偉大的女皇陛下歡呼三聲吧。」結果竟然還有不少人出聲附和。女巫的面孔上出現了一絲血色，並以非常輕微的動作點頭答禮。但歡呼聲迅速消退，轉變成一陣喧鬧的狂笑，她這才曉得，他們只不過是在拿她取笑打趣。她神色一變，將長刀換到左手。然後在毫無預警的情況下，她做了一件看起來非常恐怖的事。她輕輕鬆鬆地伸出右手，毫不費力地把路燈柱上的一根鐵棒扯了下來，彷彿只是在做件世上最平常的事。她雖然在我們的世界失去了一些法力，但她並沒有失去她的力氣；她可以輕而易舉地扭斷鐵棒，彷彿那只不過是一根大麥芽糖棒。她將她的新武器拋到空中，再重新攫住，開始揮舞著鐵棒，驅使馬匹往前走去。

「現在機會來了。」狄哥里心想。他快步從馬匹和欄杆中間的通道衝出去，快步往前狂奔。只要那頭瘋馬能暫時安靜一會兒，他就有機會可以抓住女巫的腳後跟。就在他往前狂衝的時候，他忽然聽到了一陣令人作嘔的碎裂聲和一聲碰撞聲。女巫揮動鐵棒往那名警察頭子的頭盔上敲了一下，他立刻像保齡球瓶似地應聲倒地。

「快呀，狄哥里。絕對不能再讓她鬧下去了。」他背後響起一個聲音。那是波莉，她一獲准下床就立刻衝了出來。

「妳真是個可靠的人，」狄哥里說，「緊抓著我。妳快把戒指戴上。記住是要戴黃色的，別弄錯了。我一喊妳就立刻戴上。」

接著又傳來第二陣碎裂聲，而又有另一名警察被打倒在地。人潮中響起一聲怒吼：「快把她拉下馬。去拿幾塊鋪路石過來。叫軍隊來對付她。」但大多數人都是盡可能躲得越遠越好。不過呢，那位出租馬車車夫，顯然是在場所有人裡面最勇敢，也最好心的一位，他一直緊跟著那匹馬兒，他雖然得不停左閃右避，免得被鐵棒打到，但卻仍然努力想要去抓住草莓的頭。

群眾又發出陣陣噓聲和怒吼。一塊石頭咻咻響地從狄哥里頭頂掠過。然後女巫那如鐘響般清晰洪亮的嗓音又再度響起，這次她的語氣似乎帶有一絲欣喜的意味。

「沒用的東西！等我征服你們的世界之後，我會要你們為此付出慘痛的代價。你們的城市將會被夷為平地。我會讓它跟查恩、費林達、索里斯和巴拉曼丁一樣，變得片瓦不留。」

狄哥里最後終於抓住了她的腳踝。她奮力往後一踢，腳跟正好撞上了他的嘴巴。他痛得鬆開了手。他的嘴唇被踢破了，口中滿是鮮血。距離他非常近的地方，響起了安德魯舅舅顫抖的尖叫。「夫人——我親愛的小姐——看在老天的分上——冷靜一點呀。」狄哥里第二次抓住她的腳踝，卻被甩開。接下來有更多的人被鐵棒打倒。他第三度往前一抓：攫住她的腳跟，緊握著死不放手，並對波莉喊道：「快！」然後——喔，感謝上蒼。那些又驚又怒的面孔立刻消失，那些又驚又怒的嗓音也在瞬間靜止，但卻仍然可以聽見安德魯舅舅的聲音。他在黑暗中在狄哥里身邊不停哭喊：「喔，喔，我是不是發瘋啦？還是已經完蛋了？我可受不了啊。太不公平了。我從來就不想當什麼魔法師。這全都是一場誤會嘛。都是我教母的錯；我一定要提出抗議。我身體這麼差。我們家可是多塞特郡一個非常古老的家族哪。」

「真討厭！」狄哥里心想，「我們才不想把他帶過來呢。我的天哪，真是麻煩死了。妳還在吧，波莉？」

「是啊，我還在。拜託你不要擠好不好？」

「我沒有啊。」狄哥里答道，但他還來不及再多說一句，他們的頭就冒出水面，沐浴在樹林溫暖的綠色陽光中。他們一爬出水池，波莉就大喊道：

「哦，你看！我們把那匹老馬也一起帶過來了。**還有**凱特里先生，**還有**出租馬車車夫。這真是一團糟！」

女巫一發現自己又返回樹林，她的臉就唰地一下變成慘白，虛弱得俯下身來，把臉貼到馬鬃上。你可以看出，她是真的感到非常痛苦。安德魯舅舅在簌簌抖個不停。但那匹叫草莓的馬兒卻甩甩頭，發出一聲愉快的嘶聲，似乎是覺得舒服多了。狄哥里第一次見到牠安靜下來。牠的耳朵原本垂下來貼向腦後，現在終於恢復正常，而牠眼中的怒火也消失了。

「這才對嘛，老小子，」馬車夫說，伸手拍拍草莓的脖子，「這樣好多了。放輕鬆點。」

草莓做了一個世上最自然的舉動。牠口渴得要命（這也難怪），因此牠緩緩走向最近的一個水池，踏進池裡去飲水。狄哥里仍然抓著女巫的腳後跟，波莉握著狄哥里的手。馬車夫有一隻手按在草莓身上，而仍在抖個不停的安德魯舅舅，則緊抓著馬車夫的另一隻手。

「快，」波莉對狄哥里使了個眼色，「綠戒指！」

因此那匹馬兒並沒有喝到水。他們這整群人發現自己又再度陷入黑暗。草莓嘶聲喊叫，安德魯舅舅嗚咽低泣。狄哥里說：「運氣還算不錯。」

接下來安靜了一會兒。然後波莉開口說：「我們現在應該快到了吧？」

「我們好像已經到某個地方了，」狄哥里說，「至少我現在腳下有踏到硬地。」

「真的耶，我也是，我現在才注意到，」波莉說，「但為什麼會這麼黑呢？我是說，你想我們是不是走錯水池了？」

「也許這裡就是查恩，」狄哥里說，「只不過現在剛好是在半夜。」

「這裡不是查恩，」黑暗中響起女巫的聲音，「這是一個全空的世界。這裡是『空無』。」

這裡的確非常像是一片空無。完全看不見一顆星星。四周一片漆黑，他們甚至無法看到彼此的身影。而且不管你的眼睛是張是閉，都完全沒有半點差別。他們腳下是一片涼爽平坦的地面，那有可能是泥土，但上面顯然並沒有任何青草或是樹木。空氣冰冷乾燥，沒有一絲微風。

「我的末日到了。」女巫用一種令人毛骨悚然的冷靜語氣說。

「喔，別這麼說，」安德魯舅舅嘮嘮叨叨地表示，「我親愛的小姐呀，拜託妳千萬別說這種話。事情沒那麼糟糕嘛。啊——馬車夫——好傢伙——你身上該不會正好帶了個小酒瓶吧？我需要喝點酒。」

「好了，好了，」傳來馬車夫的聲音，他有一副沉著堅毅，感覺非常好的嗓音，「聽俺的話，大家盡量保持冷靜。沒人摔斷骨頭吧？很好。你們瞧，這不就有件值得感謝的事啦，從那麼遠的地方摔下來，居然沒受半點兒傷，這可真是天大的好運哩。聽著，咱們說不定是摔到了地下坑洞——八成是在挖地鐵新站——這樣的話，馬上就會有人來把咱們給救出去啦，懂了吧！而咱們要是已經死掉的話——這俺得承認，的確是有可能——好吧，那你可別忘了，有些可怕的海難比咱們現在更慘呢，而且人總免不了一死嘛。你要是這輩子沒做過虧心事，那就沒什麼好怕的。在俺看來，大家要是想找事情打發時間的話，那最好是來唱一首聖詩。」

而他說唱就唱，立刻引吭唱出一首感謝豐收的聖詩，歌詞翻來覆去全都是在說農作物已「安全採收」。對一個似乎有史以來就從來沒長出過任何東西的地方來說，這首聖詩似乎並不是很合適，但他就只有這首記得最清楚。他的歌聲很美，而兩個孩子也加入合唱；這麼做的確令人感到精神振奮了許多。但安德魯舅舅和女巫並沒有跟他們一起唱。

在聖詩接近尾聲的時候，狄哥里感覺到有人在拉他的手，而根據那股混雜了白蘭地和雪茄、高級服飾的特殊氣味，他知道這人一定就是安德魯舅舅。安德魯舅舅鬼鬼祟祟地拉他到一旁，好避開其他人。他們往前走了一小段距離之後，他就把嘴巴貼到狄哥里耳邊說悄悄話，害狄哥里耳朵癢得要命：

「聽好，我的乖孩子。快戴上你的戒指。我們走吧。」

但女巫的耳朵非常尖。「傻子！」黑暗中響起她的聲音，她從馬背上跳了下來，「你忘了我可以聽到人心中的想法嗎？快放開那個男孩。你要是再敢背叛我一次，我就要你嘗到這世間聞所未聞的恐怖報應。」

「而且，」狄哥里補上一句，「你要是真以為我是那麼惡劣的小人，竟然自己一個人逃走，把波莉——還有馬車夫——還有那匹馬兒——拋在這種鬼地方的話，那你就大錯特錯了。」

「你實在是個非常不聽話又無禮至極的小鬼。」安德魯舅舅說。

「安靜！」馬車夫說。於是他們全都凝神傾聽。

在黑暗中終於有某件事情發生了。有個聲音開始歌唱。聲音非常遙遠，狄哥里發現，他根本弄不清那聲音到底是從什麼地方傳過來的，有些時候，它似乎是同時在四面八方響起。有時他幾乎以為，歌聲是來自於他們腳下的大地。它那低沉的音調低得簡直就像是大地自己的聲音。這歌聲並沒有歌詞，甚至也幾乎沒有旋律，卻是狄哥里這輩子所聽過最美的聲音，沒有任何音樂能比得上它。它美得令他幾乎無法忍受。馬兒好像也很喜歡這歌聲；牠發出一陣嘶聲，而那聲音就像是一匹過了大半輩子苦日子的拉車馬兒，突然發現自己回到牠小時候盡情嬉耍的田野，看到某個牠認識而且愛過的人，拿著一塊方糖越過田野來餵牠吃時，所會發出的那種歡樂嘶聲。

「天哪！」馬車夫說，「這真是太好聽了。」

然後同時出現了兩個奇蹟。一個奇蹟是，突然有其他聲音加入合唱；多得你永遠也數不清的聲音。它們聽起來跟原先的歌聲搭配得十分和諧，但音調卻比它高多了：一種冰冰涼涼、叮叮咚咚，如銀鈴般的清脆聲響。第二個奇蹟是，在他們頭頂上的那片漆黑天空，在瞬間突然亮起無數璀璨的群星。它們並不是一顆一顆地慢慢冒出來，像夏日傍晚的星星一樣。在前一刻，天空仍是一片全然的漆黑；然後在剎那間突然冒出成千上萬的光點——孤星、星座，以及行星，全都比我們世界的星星更大更亮。天空晴朗無雲。繁星和新的歌聲恰好是在同一時間出現。如果你跟狄哥里一樣，在現場親眼看到、親耳聽見的話，你就會感到相當確定，那是天上的群星在高聲歌唱，同時你也會相信，那促使群星出現，並令它們開始歌唱的動力，就是那最先出現的低沉歌聲。

「真要命！」馬車夫說，「我要是早知道有這種好事兒，我這輩子就會做個更好的人。」

地上的聲音現在變得越來越洪亮，流露出更加明顯的勝利意味，但天空的聲音在跟它高聲合唱了一陣子之後，就開始變得越來越微弱。現在又有另一件事情發生了。

在靠近地平線盡頭的遠方，天空開始透出一線曙光。四周吹起一陣非常清爽沁人的微風。遠方那片天空，開始緩慢而穩定地漸漸泛白。你可以看到在那片微亮的天空中，浮現出丘陵的黑色剪影。在這段時間中歌聲一直不曾停止。

過沒多久，周遭已明亮得足以讓他們看清彼此的面孔。馬車夫和兩個孩子都張著嘴巴，並且兩眼發光；他們已深深陶醉在這優美的歌聲中，歌聲似乎喚起了他們的某種記憶。安德魯舅舅同樣也張著嘴巴，但他看起來卻一點也不高興。他露出一副下巴快從臉上掉下來的怪相。他不喜歡這個聲音。只要能避開這個聲音，他甚至連老鼠洞都願意鑽進去。但女巫卻好像對這音樂比其他人多了解幾分。她閉上嘴巴，抿起嘴唇，並握緊拳頭。打從歌聲一響起，她就感覺到，這整個世界充滿了某種不同於她但卻更加高強的魔法。她痛恨這種情形。要是歌聲能夠停下來，她就要把這整個世界，或是所有的世界，全都擊得粉碎。馬兒靜靜站在原處，耳朵高高豎起並不停抽動。牠每隔不久就噴噴鼻息或跺跺腳。牠看起來已不再像是一匹疲憊的拉車老馬；你現在可以相信，牠的父親真的上過戰場了。

東方的天空從淡白轉為粉紅，再由粉紅變成金黃。聲音變得越來越響亮，最後甚至連周遭的空氣，都在隨著歌聲不停地震動。而就在歌聲唱到最雄渾壯麗的最高潮時，太陽昇起了。

狄哥里從來沒見過這樣的太陽。懸掛在查恩廢墟上空的太陽，看起來比我們世界的太陽衰老，但這裡的太陽卻顯得年輕多了。在它昇向空中時，你甚至可以在想像中聽到它快樂的笑聲。當陽光灑落到地面上時，這群旅人才首次看清周遭的環境。這裡是一個山谷，一條流水潺潺的大河蜿蜒穿越山谷，朝東方的太陽奔流而去。南邊是高聳的山巒，北邊是較低的丘陵。但這是一個只有泥土、石頭，與河水的山谷；放眼所及完全看不到一棵樹、一株灌木，或是一莖草葉。泥土是彩色的，全都是些鮮豔奪目、繽紛絢麗的色彩。它們令人感到興奮，但當你看到「歌手」本身時，你就會立刻把其他的一切全都拋到九霄雲外。

那是一頭獅子。這頭披著一身蓬鬆亮麗毛髮的巨大獅子，正面對著高昇的太陽昂然挺立。牠站在大約三百碼外的地方，咧開嘴巴高聲歌唱。

「這真是個可怕的世界，」女巫說，「我們必須趕快逃走。準備施法吧。」

「我同意妳的看法，夫人，」安德魯舅舅說，「這地方的確讓人覺得很不舒服。簡直就是個蠻荒之地嘛。我要是再年輕一點，而且手裡有把槍的話——」

「槍！」馬車夫說，「難道你以為你可以用槍射死牠嗎？」

「而且誰會這麼做呢？」波莉說。

「快準備施法呀，老傻瓜。」賈迪絲說。

「遵命，夫人，」安德魯舅舅狡猾地表示，「但我需要兩個孩子都碰到我才行呀。趕快戴上你們回家用的戒指，狄哥里。」他想要拋下女巫自己逃走。

「喔，原來是用戒指啊？」賈迪絲喊道。接著她立刻就想把雙手都伸進狄哥里的口袋，但狄哥里卻搶先一步抓住波莉喊道：

「聽我說。你們要是再靠近半步，我們兩個就馬上消失，讓你們永遠留在這裡。沒錯，我口袋裡是有一個可以把我和波莉送回家的戒指。你們看！我的手都已經貼在這兒準備了。所以你們最好離遠一點。我對你（他望著馬車夫）和那匹馬兒感到很抱歉，但我不得不這麼做。至於你們兩位呢（他望著安德魯舅舅和女王），反正你們都是魔法師，所以你們應該可以一起過得很快樂。」

「大家都別出聲好不好？」馬車夫說，「俺想要好好聽音樂。」

現在歌聲已經變得不同了。

# 9

# 創立納尼亞王國

那些留下來，被揀選的動物，此刻變得鴉雀無聲，

全都目不轉睛地望著那頭獅子。

獅子在空曠的大地上來回踱步，吟唱出新的歌曲。這支曲子比剛才召喚群星與太陽的歌聲輕快柔和多了；那是一種如淙淙流水般的溫柔樂曲。就在牠邊走邊唱的時候，山谷中開始生長出綠意盎然的青草。青草如一圈水池般自獅子周圍朝四處蔓延，它就像波浪般迅速湧上小丘。短短幾分鐘之內，它就爬上了遠山的矮坡，使得這年輕的世界，每一刻都變得比先前更加柔和。現在已可以聽到微風拂過草叢的沙沙聲。除了青草之外，很快就又出現了一些其他東西。高坡上長出深色的石南。山谷中開始冒出一片片較為凹凸不平，看起來又硬又刺的綠玩意兒。狄哥里剛開始也搞不懂那到底是什麼東西，一直到他附近的地上也冒出一個時，他才看清楚它的模樣。那是一個多刺的小東西，上面七橫八豎地長了數十根枝椏，枝椏上覆蓋著一層綠絨，正以每兩秒一吋的驚人速度迅速成長。現在他周圍已經有好幾十個了。等它們快長得跟他自己一樣高時，他才恍然大悟地認出那究竟是什麼。「樹！」他驚呼。

就像波莉後來所說的，當時最討厭的一點，就是你根本無法靜下來好好欣賞這一切。就在狄哥里喊「樹！」的時候，他同時也必須縱身一跳，因為安德魯舅舅又悄悄挨近他身邊，伸手去抓他的口袋。但安德魯舅舅就算陰謀得逞，那對他自己也沒什麼好處，因為他仍然以為綠戒指是「回家」戒指，所以他抓的是右邊的口袋。不過狄哥里自然不願失去任何一種戒指。

「站住！」女巫喊道，「退後。不行，再退後一步。要是有人膽敢走近這兩個孩子十步之內的距離，我就敲昏他的腦袋。」她舉起那從路燈柱上扯下來的鐵棒，擺出丟擊的姿勢。沒人懷疑她會丟不中，她看來就是一副百發百中的神射手架式。

「好啊！」她說，「你居然想扔下我，跟那個男孩偷偷溜回你們的世界。」

安德魯舅舅終於忍無可忍了，他的憤怒戰勝了恐懼。「沒錯，夫人，我是想這麼做，」他說，「我的確是有這個打算。我應該有絕對的權利這麼做。我遭受到最屈辱、最惡劣的對待。我盡可能在能力所及範圍內給妳最大的禮遇。而我得到什麼樣的回報？妳搶劫——我必須再重複一次這個字眼——**搶劫**了一名地位崇高的珠寶商。妳堅持要我招待妳去吃一頓貴得嚇死人，卻專只會講究排場的午餐，結果我不得不當掉我的錶和錶鍊，才能付清帳單（讓我告訴妳，我們家除了那個在鄉下當小地主的艾德華表哥之外，可從來就沒人有上當鋪的習慣）。在吃那頓難以消化的午餐時——到現在想起來，還是覺得丟臉丟到家了——妳的言行舉止在在引人側目，全餐廳的人都在那兒看笑話。害我在大庭廣眾之下顏面盡失。我這輩子再也沒臉踏進那家餐廳了。妳攻擊警察。妳偷了——」

「喔，停停，大爺，拜託你停停，」馬車夫說，「現在只要好好用眼睛看，用耳朵聽就行了；別再說話了。」

現在確實是有非常多值得看、值得聽的奇景妙事。狄哥里剛才注意到的那株樹苗，現在已變成一棵完全長成的山毛櫸，此時正在他頭上款擺枝椏隨風晃動。他們站在一片涼爽碧綠、遍布著雛菊與金鳳花的草地上。在距離他們不遠處的河岸邊，長出了迎風搖曳的柳樹。另一邊則環繞著一圈錯落有致的紅醋栗、紫丁香、野玫瑰，以及杜鵑花。馬兒正一口口咬著美味的新生青草，津津有味地開懷大嚼。

這段時間，獅子一直在持續歌唱，仍在前後左右不停地莊嚴巡行。嚇人的是，牠每繞一圈，就會距離他們更近一些。波莉發現歌聲變得越來越有趣了，這是因為，她覺得自己好像漸漸可以看出音樂與那些奇事之間的關聯了。當大約一百碼外的山脊上冒出一排深色樅樹時，她感覺到它們必然是跟獅子在一秒前唱出的那一連串拉長低音有所關聯。當牠突然哼出一小段較為輕鬆的快板時，她毫不訝異地看到四周在瞬間冒出了許多櫻草花。因此她懷著一種大為震撼但卻難以描繪的心情做下一個結論：這一切全都是從（套句她自己的話）「那隻獅子腦袋裡蹦出來的」。當你傾聽牠的歌聲時，你可以聽出牠所虛構出的一切；而當你環顧四周時，你看到它們全都變成了事實。這實在是太令人興奮了，因此她根本就沒時間感到害怕。但狄哥里和馬車夫發現獅子每繞一圈就靠得更近時，他們忍不住有些緊張。至於安德魯舅舅呢，他雖然已嚇得牙關連連打顫，但他的膝蓋同樣也開始抖個不停，所以他根本沒辦法逃走。

女巫突然大膽地走向獅子。牠正踏著緩慢而沉重的步伐，邊走邊唱地著朝他們逐漸逼近。現在牠距離他們只剩下十二碼了。她抬起手臂，瞄準牠的頭扔出鐵棒。

在這麼近的距離之內，任何人都可以輕鬆擊中目標，何況是像賈迪絲這樣的神射手。鐵棒正中獅子眉心，然後滑下來，砰的一聲落到草地上。獅子繼續巡行。牠的步伐既沒有變慢，也沒有變快；你根本看不出牠到底知不知道自己被打了一下。牠柔軟的肉掌雖然輕悄無聲，但你卻可以感覺到，牠沉重的步伐震得大地連連晃動。

女巫尖叫著拔腿就跑；過沒多久，她就竄進樹林中失去了蹤影。安德魯舅舅也連忙跟著照做，但卻被樹根絆倒，一頭栽進一條流向大河的小溪裡去。孩子們完全無法動彈。他們甚至無法確定自己是否真的想逃。獅子完全沒注意到他們。牠咧開牠的血盆大口，但牠這麼做並不是為了要怒吼，而是高聲歌唱。牠擦過他們身邊，距離近得可以讓他們碰到牠的鬃毛。他們非常害怕牠會轉頭望著他們，然而他們心裡同時又帶有一絲古怪的期盼，希望牠至少能回過頭來看他們一眼。但是按照牠對他們那種漠不關心的態度看來，他們對牠來說不僅是隱形人，而且顯然身上連半點氣味也沒有。當牠從他們身邊擦過，並往前走了幾步之後，牠又重新掉過頭來，再度擦過他們身邊，繼續朝東方向前巡行。

安德魯舅舅站起來，邊咳嗽邊口齒不清地急急表示：

「喂，狄哥里，」他說，「我們已經擺脫掉那個女人，那頭討厭的獅子也走了。抓住我的手，趕緊戴上戒指吧。」

「不要過來，」狄哥里連忙後退，「避開他，波莉。過來跟我站在一起。現在我警告你，安德魯舅舅，你要是再往前踏上一步，我們就立刻消失。」

「你快給我乖乖照辦，小子，」安德魯舅舅說，「你真是個非常叛逆又不懂禮貌的小鬼。」

「我才不要呢，」狄哥里說，「我們想要待在這兒，看看這裡發生的奇事。我本來還以為，你很想要知道其他世界的情形哩。難道你到了這兒以後，就變得沒興趣了嗎？」

「興趣！」安德魯舅舅驚呼，「你看看我現在這副慘狀。這可是我最好的外套和背心呢。」他現在看起來真的是很慘。當然啦，你若是得從一堆摔碎的破爛出租馬車中爬出來，然後再跳進一條泥濘小溪的話，那麼你先前穿得越漂亮，看起來就會越糟糕。「我這並不是說，」他又補充說明，「這地方沒什麼意思。我要是年輕一點的話，對了——也許我可以先找一些活潑的年輕小伙子過來，找個專門獵大型猛獸的獵人。這個地方的確大有可為，氣候舒服得要命，我這輩子從來沒聞過這麼新鮮的空氣。我相信這對我很有好處——只要環境能稍稍做些改善就行了。要是我有把槍就好了。」

「去他的鬼槍，」馬車夫說，「俺要去看看是不是該替草莓擦擦身子了。那頭馬兒可比某些人要明理多嘍。」他走回草莓身邊，開始發出馬夫特有的嘶聲。

「你還以為你可以用槍殺死那頭獅子？」狄哥里問道，「牠剛才被鐵棒打到，我看牠也沒什麼感覺。」

「那全是她的錯，」安德魯舅舅說，「不過我告訴你，這小妞兒還真有膽量。她這麼做很勇敢呢。」他搓搓手，把指關節拗得劈啪響，看來他似乎又再度忘了女巫在場時，他究竟有多害怕了。

「她這麼做很壞心，」波莉說，「牠又沒惹到她。」

「嘿！那是什麼？」狄哥里說。他快步衝向前方，去檢查幾碼外的某個東西。「喂，波莉，」他回頭喊道，「快過來看。」

安德魯舅舅也跟著她一起走過去；他其實並不想看，只是想盡可能離兩個孩子越近越好——這樣他說不定可以逮到機會偷他們的戒指。但是當他看到狄哥里注視的東西時，甚至連他也開始被挑起了興趣。那是一個完美的路燈柱小模型，大約有三呎高，但是它正在他們的目光下，不斷按比例迅速變長變寬；事實上它就跟周遭的樹木一樣，正在快速成長茁壯。

「它還是活的呢——我是說，它在發光哩。」狄哥里說。它的確是在發光，但在四周明亮耀眼的陽光下，除非你用影子擋住它，否則你實在很難看清燈籠中那團微弱的火焰。

「了不起，真是太了不起了，」安德魯舅舅喃喃地說，「我連做夢都沒想到，竟然會有這樣的魔法。我們現在來到了一個所有東西，甚至連路燈柱都可以活過來，並且開始生長的世界。我真想知道，究竟要用什麼樣的種子才能種出這根路燈柱？」

「你沒看出來嗎？」狄哥里說，「鐵棒剛才就是掉在這兒——那根鐵棒是她從我們家鄉的路燈柱上拔下來的。它陷進土裡，現在又重新冒出頭來，長出了一根小路燈柱。」（但它現在其實不算小了；就在狄哥里說話這段短短時間內，它已經長得跟他一樣高了。）

「沒錯，就是這麼回事！太驚人了，真是太驚人了，」安德魯舅舅說，手搓得比先前更加厲害，「呵，呵！他們總是嘲笑我的魔法。我那個白痴姊妹還把我當作瘋子。我倒想看看，他們現在還有什麼話說啊？我發現了一個所有東西都充滿生命力，而且還可以成長茁壯的神奇世界。哥倫布，是的，他們老是提到哥倫布。但那什麼美洲，跟這裡哪有得比啊？這個地方可是商機無限哪。隨便帶些破銅爛鐵過來，把它們埋在土裡，就可長出嶄新的火車、戰船，要什麼有什麼。它們不需要花一毛錢成本，而我可以把它們運到英國高價出售。我會變成百萬富翁哪。還有這裡的氣候！我現在已經感到自己年輕了好幾歲。我可以在這兒開一個健康度假中心，在這兒建一座好的療養院，一年大概就可以足足賺上兩萬英鎊。不過呢，我自然得找幾個人，讓他們一起參與這個祕密計畫。第一件事就是設法去射殺那頭野獸。」

「你跟女巫沒什麼兩樣，」波莉說，「你滿腦子想的都是要去殺這個殺那個的。」

「而至於我自己呢，」安德魯舅舅沉浸在他快樂的白日夢中，似乎什麼也沒聽見，只是繼續喃喃自語，「我要是在這兒安頓下來，天曉得我可以活多久。這對一個已經六十歲的人來說，可是件不得不考慮的大事哪。要是住在這個地方，我很可能永遠都不會變老！太驚人了！這是個青春國度啊！」

「哦，」狄哥里喊道，「青春國度！你覺得這裡真的就是嗎？」他自然是回想起莉蒂阿姨對那個送葡萄來的女士所講的話，而他心中又再度浮現出那個甜美的希望。「安德魯舅舅，」他說，「你覺得這兒會不會有東西可以治好我的母親？」

「你在胡說些什麼？」安德魯舅舅說，「這裡又不是藥店。就像我剛才所說的——」

「你根本一點也不關心她，」狄哥里惡狠狠地說，「我本來還以為，你多多少少會把她放在心上；不管怎麼說，她不只是我的母親，也是你自己的親姊妹呀。好，沒關係。我乾脆直接去問那頭獅子算了，看牠可不可以幫我。」說完他就轉身離去。波莉等了一會兒，然後也跟上他的腳步。

「喂！站住！回來啊！這孩子真是瘋了。」安德魯舅舅說。他跟在孩子後面，小心保持適當的距離；因為他既不想離綠戒指太遠，也不願靠獅子太近。

才短短幾分鐘，狄哥里就走到了樹林邊緣，在那裡停下腳步。獅子仍在歌唱，但現在歌聲又變得不同了。它聽起來更接近我們所謂的旋律，同時也變得狂野許多。它令你情不自禁地想要奔跑狂跳或是奮力攀爬，令你忍不住想要大叫，令你恨不得快步衝到其他人面前，跟他熱情擁抱或是狠狠幹上一架，令狄哥里的面孔發紅發燙。歌聲對安德魯舅舅也造成了一些影響，因為狄哥里可以聽到他在喃喃自語：「一個勇敢的小妞兒，老小子。可惜脾氣太壞了，但她真是個漂亮的女人，漂亮得不得了哪。」但歌聲對這兩個人類所造成的影響，卻萬萬不及它對這個世界所發揮的奇妙作用。

你能想像得出，一片草地如鍋中沸水般咕嘟咕嘟冒泡的奇景嗎？而這正是對眼前奇景最恰當的描述。放眼所及的每一個方向，全都鼓起許許多多的土丘。每個土丘的大小都不一樣，有些沒比鼴鼠丘大多少，有些和獨輪手推車一般大，還有兩個大得活像是兩座小屋。這些土丘不停地鼓脹晃動，最後終於整個爆開，隨著噴出的碎泥沙，從每個洞口爬出來一隻動物。鼴鼠爬出來的模樣，就跟你在英國看到的情形一模一樣。狗在爬出來的時候，頭才一鑽出洞口就立刻大聲吠叫，看牠們那種奮力掙扎的動作，活像是正在努力從籬笆上的窄洞穿過去。雄鹿出現的景象看起來最奇怪，因為是鹿角先冒出來，過了許久以後，身體其他部分才慢慢出現，所以一開始狄哥里還以為那是樹木呢。青蛙全都聚集在河岸附近，一從土裡冒出來就邊嘓嘓大叫，邊撲通撲通地跳進河裡。黑豹、花豹這類的貓科動物，一出來就立刻坐下，開始清理後腿上的泥巴，然後再站起來，趴到樹幹上去磨牠們的前爪。大群大群的鳥兒從樹林中飛出來。蝴蝶翩翩飛舞。蜜蜂立刻飛去採取花蜜，似乎連一秒鐘都不肯浪費。但最壯觀的奇景當數那兩座最大的土丘，它們如小型地震般轟然裂開，從裡面冒出大象傾斜的背脊、巨大且充滿智慧的頭顱，以及四條如寬褲管般的象腿。現在你幾乎已無法聽到獅子的歌聲了；周遭充滿了烏鴉嘎嘎叫、鴿子咕咕聲、雄雞喔喔啼，還有驢鳴、馬嘶、狗吠、狼嗥、牛哞、羊咩，以及如喇叭般的象鳴。

狄哥里雖然已聽不到獅子的歌聲，但仍然可以看得見牠。牠是如此龐大、如此耀眼，他完全無法將目光自牠身上移開。其他動物顯然並不怕牠。事實上就在那一刻，狄哥里聽到背後響起一陣馬蹄聲；而在下一秒，那頭拉車老馬就小跑步掠過他身邊，跑去跟其他野獸站在一起。（這裡的空氣不僅對安德魯舅舅有益，顯然也非常適合這匹老馬。牠現在看起來已不再像是倫敦城裡那個可憐的老奴隸了；牠的腿站得筆直，並高高昂起頭顱。）現在獅子終於安靜下來。牠在這群動物之中來回不停地走動。每隔不久，牠就會走到其中兩隻（總是一次兩隻）動物面前，用鼻子去碰牠們的鼻子。牠會在所有海狸中碰觸兩隻海狸，在所有花豹中碰觸兩頭花豹，在鹿群中碰觸一頭雄鹿與一頭母鹿，其他則置之不理。某些種類的動物牠完全掠過。牠所碰觸過的一對對動物，全都立刻離開牠們的同類，緊跟在牠的身後。最後牠終於停下來，而牠碰觸過的所有生物，在牠四周圍成一個大圓圈。牠並未碰觸過的其他動物開始四處散去。牠們的聲音漸漸遠去消失。那些留下來，被揀選的動物，此刻變得鴉雀無聲，全都目不轉睛地望著那頭獅子。貓科動物的尾巴偶爾會抽動一下，但除此之外所有動物全都文風不動。這是今天第一次完全安靜下來，只聽得見潺潺的流水聲。狄哥里的心怦怦狂跳；他知道有某件非常神聖的事就要發生了。他並沒有忘記他的母親，但他心裡非常清楚，就算是為了她，他也絕不能打斷這神聖的一刻。

獅子眼睛眨也不眨地凝視著那些動物，牠的目光是如此凌厲逼人，彷彿是想用牠的凝視使牠們起火燃燒。而牠們漸漸開始變得不同了。較小的動物——兔子、鼴鼠之類的小生物——長大了許多。最龐大的動物——變化最明顯的就是大象——則縮小了一些。許多動物都用後腿端坐在地。大部分都斜歪著頭，看來彷彿是正努力想要去了解某件事情。獅子張開嘴，但並沒有發出任何聲音；牠吹出一股悠長而溫暖的氣息，它宛若一陣吹過樹林的微風，輕拂過在場所有野獸。在遠方的高空，隱身在那層蔚藍天空面紗之後的群星又開始高聲歌唱；那是一種純粹、冰冷而又艱澀的音樂。然後閃現出一道瞬間即逝的火光（並沒有任何動物真的被燒傷），但卻不知是來自天空，或是獅子自己所發出來的，兩個孩子不禁感到全身熱血沸騰，一個他們這輩子所聽過最深沉，也最野性的聲音開始說：

「納尼亞，納尼亞，納尼亞，甦醒吧。愛。思想。語言。滋生行走之樹。滋生能言之獸。滋生神聖之水。」

# 10

# 第一個玩笑與其他事情

每當你試著想讓自己變得比原先更愚昧時，

你通常都會成功。安德魯舅舅就是如此。

這自然就是獅子的聲音。孩子們早就覺得他一定會講話。但是當他真的開始說話時，他們仍然感到一股既迷人又恐怖的強烈震撼。

一群外貌狂野的人走出樹林，那是森林之神與森林女神；牧神、人羊，與小矮人緊跟在他們後面。河神與他的水精女兒們自河中升起。而所有精靈神祇與野獸鳥群，全都開始以他們或低沉或高亢，或渾厚或清澈的嗓音齊聲答道：

「萬福，亞斯藍。我們傾聽並且服從。我們甦醒。我們愛。我們思想。我們言語。我們理解。」

「但我們知道的還不夠多。」一個鼻音很重的聲音哼哼叩叩地說。這讓兩個孩子嚇得跳了起來，因為說話的居然是那匹拉車老馬。

「親愛的老草莓，」波莉說，「我**真**高興他能被選上當『能言獸』。」

馬車夫現在已站在兩個孩子身邊，他說：「俺實在太高興了。俺老早就看出，這匹馬兒聰明得很哩。」

「天地眾生，我賜給你們生命，」亞斯藍用中氣十足的愉悅嗓音說，

「我將這片納尼亞國土永久賜給你們。我賜給你們樹林、果實與河流。我賜給你們群星，而我將自己也賜給你們。那些我並未揀選，無法言語的野獸，同樣也是屬於你們的。仁慈對待牠們，並珍愛牠們，但絕對不要重新沾染牠們的習性，以免失去你們身為『能言獸』的資格。你們是從牠們之中被揀選出來，因此自然也有可能再重新返回牠們的陣營。千萬不要如此。」

「不，亞斯藍，我們不會，我們不會。」大家答道。但一隻活潑的穴烏又多嘴地大聲加了一句：「才不會呢！」而且牠是等大家全都安靜下來以後才開口，因此牠的聲音在一片死寂中顯得格外響亮；或許你自己也曾經——比方說在一場宴會中——做過同樣的事，所以你該曉得那到底有多糗。穴烏窘得要死，牠把頭埋在翅膀下，裝出一副準備打盹的模樣。其他所有動物開始發出各式各樣的怪音，那是牠們的笑聲，那自然在我們的世界中連聽都沒聽過。牠們剛開始還努力憋笑，但亞斯藍表示：

「笑吧，別害怕，眾生。現在你們已不再是無法言語、不能思想的野獸，你們沒必要總是這麼嚴肅。因為笑話就跟正義一樣，總是伴隨著語言而生。」

於是牠們全都盡情放聲大笑。大家一片歡樂，甚至連穴烏自己都再度鼓起勇氣，棲息在拉車馬兒頭上，站在牠的雙耳之間拍著翅膀說：

「亞斯藍！亞斯藍！我是不是創造出了第一個笑話？以後大家是不是全都會曉得，我當初是怎樣創造出第一個笑話？」

「不，小朋友，」獅子說，「你並不是**創造**出第一個笑話，你自己**就是**第一個笑話。」然後大家笑得比先前更加厲害，但穴烏並不在意，反倒笑得跟大家一樣開心，牠一直笑到馬兒甩頭，害牠失去平衡掉下來時才停止，但幸好牠及時想到要用牠的翅膀（這對翅膀對牠來說還相當陌生），才沒有真的摔到地上。

「現在聽好，」亞斯藍說，「納尼亞王國已創立完成。我們接下來的第一要務，就是要考慮該如何維護它的安全。我要在你們之中找幾個人，來跟我一起召開會議。隨我來吧，你，矮人首領，還有你，河神，還有你們，橡樹和雄貓頭鷹，以及兩位大烏鴉和公象。我們必須一起好好談談。因為這世界才剛創立不到五小時，就已經被邪惡侵入了。」

被他點名的生物走向前方，他轉過身來，率領他們往東方走去。其他動物全都開始吱吱喳喳地交談，內容大約全都是「他說侵入這世界的到底是**啥**？──『血鵝』──啥是『血鵝』啊？──不對，他不是說『血鵝』，他是說『節鱷』──哎呀，那又是啥玩意兒啊？」

「聽我說，」狄哥里告訴波莉，「我必須去找他──去找亞斯藍，我是說那頭獅子。我必須跟他談談。」

「你覺得這樣做好嗎？」波莉說，「我不敢耶。」

「我非去不可，」狄哥里說，「這關係到我的母親。我看就只有牠有辦法告訴我，要怎樣才能救我的母親。」

「俺跟你一塊兒去，」馬車夫說，「**他的樣子**很討俺喜歡。照俺看來，其他野獸應該不會攻擊咱們。而且俺也想去跟老草莓說句話。」

於是他們三人非常勇敢地──或者該說是努力鼓起勇氣──走向那群聚集在一起的野獸。那些生物全都在忙著聊天交朋友，直到他們快貼到牠們面前時，才注意到這三個人類；而且牠們也沒聽到安德魯舅舅發出的聲音，他站在非常遠的地方，穿著鑲釦皮靴的雙腿簌簌抖個不停，他揚聲喊道（自然不敢喊得太大聲）：

「狄哥里！回來！我叫你回來，你就立刻給我回來。我不准你再往前走一步。」

當他們終於走到獸群中時，所有動物全都閉上嘴巴，瞪大眼睛望著他們。

「咦？」最後公海狸終於開口說，「看在亞斯藍的分上，誰能告訴我這到底是什麼怪物啊？」

「對不起。」狄哥里的語氣顯得有些提心吊膽，但他才剛開口，一隻兔子就插嘴道：「在我看來，它們應該是一種大型萵苣。」

「不，我們不是，我們絕對不是，」波莉慌忙說，「我們一點也不好吃。」

「你瞧！」鼴鼠說，「它們會說話耶。有誰聽過萵苣會說話的啊？」

「說不定它們是第二個笑話呢。」穴烏表示。

一頭原本在忙著洗臉的黑豹，此時暫時停下來開口說：「這個嘛，它們要真是笑話的話，那跟上一個笑話可差得遠嘍。至少我可完全看不出，它們到底有什麼好笑的。」牠打了個呵欠，又繼續洗臉。

「喔，對不起，」狄哥里說，「我有急事。我想要找獅子。」

這段期間，馬車夫一直企圖想要引起草莓的注意力。現在草莓終於用正眼瞧他了。「聽著，草莓，老小子，」他說，「你認得俺啊。你該不會站在那兒啥也不管，活像你根本就沒見過俺似的。」

「這東西在說什麼呀，馬兒？」好幾個聲音問道。

「嗯，」草莓緩緩答道，「我不是很清楚。我想我們大家，其實對所有事情都還不太了解。我有一種感覺，在亞斯藍喚醒我們之前，我好像是住在其他地方——或是我曾經是某種不同生物。這一切都非常模糊，就好像是一場夢。不過在那個夢裡，是有些跟這三個東西一樣的生物。」

「什麼？」馬車夫說，「不認識俺啦？是誰在你晚上覺得不舒服的時候端給你一盆熱呼呼的麥麩飼料？是誰替你把毛刷得乾淨漂亮？是誰成天擔心你著涼，只要天氣一變冷，就從沒忘記替你蓋塊布？打死俺也想不到，你竟然會說你不認識俺，草莓。」

「我的確開始慢慢記起來了，」馬兒若有所思地說，「沒錯。現在讓我想想，讓我好好想一想。是的，你以前在我後面綁了個怪可怕的黑玩意兒，然後用力打我，逼我往前跑，但不管我跑多遠，那個黑玩意兒卻總是跟在我背後喀喀喀喀響。」

「咱們總得賺錢討生活啊，懂嗎？」馬車夫說，「這樣你和俺兩個才有辦法過日子嘛。要是俺不打你，不逼你工作的話，你哪有辦法睡在馬廄裡，吃你的乾草、麥麩飼料，還有燕麥啊。只要俺有錢買，燕麥你可是愛吃得很哩，這可錯不了的。」

「燕麥？」馬兒豎起耳朵說，「沒錯，這我記得一些。沒錯，我記得越來越清楚了。你老是坐在後面那個地方，而我卻老是拉著你和那個黑玩意兒在前面跑。工作根本全都是我在做。」

「在夏天呢，的確是像你說的那樣，」馬車夫說，「你工作累得半死，俺卻在一邊輕鬆涼快。可是冬天呢，老小子，在你跑得全身暖呼呼的時候，難道俺不是坐在那兒，兩腳凍得像冰塊，鼻子快被風吹掉，手僵得簡直握不住韁繩嗎？」

「那是一個艱苦冷酷的世界，」草莓說，「那裡完全沒有青草。全都是硬邦邦的石頭。」

「說得好，老兄，說得實在是太好了，」馬車夫說，「真是個艱苦的世界。俺老早就說過，那些鋪路石實在不適合馬兒。那兒還真不是個好地方。俺也跟你一樣，俺自己也不喜歡它啊。你是匹鄉下馬兒，俺是個鄉下人嘛。以前在家鄉的時候，俺還參加過唱詩班哩。可是待在那兒，俺可沒辦法討生活啊。」

「喔，拜託，求求你們，」狄哥里說，「我們可以走了嗎？獅子越走越遠了。我真的有非常要緊的事要找他談。」

「俺說草莓啊，」馬車夫說，「這位小少爺有些事想跟獅子談談；你們叫他亞斯藍是吧。你可不可以讓他騎在你背上（他會很感激你的），帶他跑去找獅子。俺和這個小女孩會跟在你們後面。」

「騎？」草莓說，「喔，現在我想起來了。這表示是要坐在我的背上。我記得在很久以前，有個像你們這種兩條腿的小動物，也曾經這麼做過。他給過我一種硬硬的白色小方塊。它的滋味——喔，真是太棒了，比草還要甜哩。」

「啊，那是糖。」馬車夫說。

「拜託你，草莓，」狄哥里懇求道，「求求你讓我坐上去，帶我去找亞斯藍好不好？」

「好吧，我無所謂，」馬兒說，「我多少也算有些經驗。你上來吧。」

「好心的老草莓，」馬車夫說，「呃，小伙子，俺來扶你上去。」狄哥里很快就騎到草莓背上，而且還坐得挺舒服的，因為他以前騎他自己的小馬時，就從來都不用馬鞍。

「好，前進吧，草莓。」他說。

「你身上有沒有那種白方塊啊？」馬兒問道。

「沒有耶。我沒有。」狄哥里說。

「好吧，那也沒辦法。」草莓說，接著他們就向前出發。

就在那一刻，一頭剛才一直在嗅來嗅去、並瞇眼察看的大牛頭犬開口說：

「你們看！那兒是不是還有另一頭這種怪生物啊——就在那兒，在河邊那叢樹下？」

然後所有動物全都轉過頭來，望著安德魯舅舅，他一動也不動地站在杜鵑花叢中，暗暗祈禱千萬別被牠們發現。

「走啊！」好幾個聲音喊道，「大家過去看看吧。」於是就在草莓載著狄哥里，踏著輕快的步伐往這一邊跑步離去時（波莉和馬車夫步行跟在後面），大部分生物全都開始往另一邊跑，朝安德魯舅舅衝過去，並發出咆哮、狂吠、咕嚕，以及各式各樣充滿興趣的快樂叫聲。

我們現在必須稍稍把時間往前推，看看若是以安德魯舅舅的觀點來觀察這整個場景，將會是什麼樣的情形。他對這整件事的印象，跟馬車夫和孩子們完全不同。因為你所看到與聽到的一切，有絕大部分是取決於你自己的立場；它同時也關係到你自己是個什麼樣的人。

這些動物一出現，安德魯舅舅就畏畏縮縮地退進灌木叢。他自然是緊盯著牠們不放，但他其實對牠們的舉動沒什麼興趣，他只是在小心提防，害怕牠們突然朝他衝過來。他就跟女巫一樣實際。他完全沒注意到，亞斯藍在每種動物中各挑出一對代表。他只看到，或者該說他以為他自己看到，一大群危險的野獸，在那兒漫無目標地四處遊蕩。而且他一直感到百思不解，那些動物看到那頭大獅子，為什麼還不趕快逃走。

當那偉大的一刻來臨，野獸開始口吐人言時，他完全沒看出個所以然來；這背後的原因相當值得玩味。當獅子在許久以前，四周仍一片漆黑之際剛開始歌唱時，他立刻就聽出那聲音是一首歌曲。他當時非常討厭這首歌。它讓他想到並感覺到一些他不願去想，也不願去感覺的事情。然後，當太陽昇起，而他看到唱歌的是一頭獅子（「**只不過**是頭獅子嘛。」他這樣告訴自己）時，他就盡最大的努力去逼自己相信，牠其實並不是在唱歌，而且他剛才聽到的也絕對不是歌聲——就只不過是獅子吼嘛，在我們世界的動物園裡，隨便哪頭獅子都可以發出同樣的聲音。「牠剛才當然不可能是真的在唱歌，」他想，「這全都是我的幻想。我真是嚇得昏頭啦。誰聽過獅子會唱歌的啊？」而獅子唱得越久，唱得越美，安德魯舅舅就更努力地逼自己相信，他除了吼叫聲之外什麼也沒聽見。現在問題來了，每當你試著想讓自己變得比原先更愚昧時，你通常都會成功。安德魯舅舅就是如此。過沒多久，亞斯藍的歌聲在他耳中，就真的變成一陣無意義的吼叫聲。再過一會兒，就算他想要去聽，也變得什麼都聽不出來了。當獅子最後終於開口說：「納尼亞，甦醒吧。」時，他根本連一個字也聽不出來，他只聽到一陣怒吼。當野獸開口回答時，他也只聽到一陣陣吠叫、咆哮、低吼與狂嚎。牠們放聲大笑時——嗯，結果你可想而知。那是安德魯舅舅到目前為止所碰過最恐怖的一件事。他這輩子從沒聽過這麼可怕的聲音：無數飢餓的憤怒野獸，共同發出一陣驚天動地的恐怖嗜血狂吼。然後他又驚又怒地看到，其他三個人竟然毫不顧忌地公然現身，大剌剌地走向那群動物。

「這些白痴！」他喃喃自語，「現在那群野獸，一定會把戒指跟孩子一起吞進肚子裡去，我就永遠也回不了家了。這個狄哥里真是個自私的小鬼！其他兩個也不是什麼好人。他們要是不想活了，那是他們自家的事。但**我**怎麼辦？他們好像完全沒想到這一點。完全沒有一個人考慮到**我**的處境。」

最後，當整群動物朝他衝過來時，他連忙轉身就跑，急著想要逃命。現在任何人都可以看出，這個年輕世界的空氣，確實對這位老紳士的健康相當有益。他在倫敦的時候，早就已經老得跑不動了，但現在呢，他跑步的速度，絕對足以讓他在英國任何一所預校中贏得百碼賽跑冠軍。他的燕尾服下襬在他身後飛舞，看來相當賞心悅目。但就算他跑再快也沒用，有許多追在他後面的動物，都是天生的賽跑高手；這是他們誕生之後第一次奔跑，而他們全都迫不及待地想要好好運用一下他們新生的肌肉。「追牠！快追牠！」他們喊道，「說不定牠就是那個『血鵝』！呵——呵！衝啊！攔住牠！包圍牠！繼續！加油！」

沒幾分鐘，就有些動物跑到他的前方。牠們排成一排擋住他的去路。其他動物從他後面包圍過來。他不管往哪個方向看，全都是令他膽戰心驚的恐怖景象。他抬起頭來，看到的是一對對高聳的大麋鹿叉角，和一張龐大無比的象臉。身軀笨重而個性認真的熊和野豬，緊跟在他背後嗚嗚低吼。外表很酷的花豹，和長了一張刻薄面孔的黑豹（這是他自己想的）緊盯著他不放，尾巴還甩個不停。但最令他感到害怕的，卻是那大大咧開的無數血盆大口。其實這些動物張開嘴巴只不過是為了要喘氣，但他卻以為牠們是想把他吞進肚子裡去。

安德魯舅舅站在那兒渾身顫抖，連腳都站不太穩，不停左搖右晃。他就算是在情況最佳的時候，也從來沒喜歡過動物，牠們通常都令他感到相當害怕；而他多年來對動物進行的殘酷實驗，自然也令他變得更加痛恨並害怕牠們。

「好了，先生，」牛頭犬用一種實事求是的口吻說，「你到底是動物、植物，還是礦物？」事實上他是這麼說的，但安德魯舅舅所聽到的卻只是一陣：「嗚——喔——哇——汪！」

# 11

# 狄哥里與舅舅
# 雙雙遇到困難

亞斯藍比他原先所以為的更加龐大、更加美麗，
金色皮毛更加明亮耀眼，同時也顯得更加恐怖駭人。
他不敢正視那對巨大的眼睛。

你或許會覺得這些動物實在是太笨了，怎麼可能會沒辦法立刻看出，安德魯舅舅和兩個孩子與馬車夫是同一種生物。但你可別忘了，這些動物根本就不曉得世上有衣服這種東西。他們還以為波莉的洋裝、狄哥里的諾福克套裝*，和馬車夫的高頂禮帽，就跟他們自己的皮毛和羽毛一樣，是他們三人身體的一部分。要是他們沒跟這三個人講過話，而草莓若沒擺出一副好像把他們三個當成同種生物的模樣，他們還以為他們是三種不同的動物哩。而安德魯舅舅比兩個孩子高上許多，也比馬車夫瘦多了。他從頭到腳穿了一身黑，只有背心是白色（現在也沒那麼白了），再加上滿頭蓬亂的灰髮（現在已亂得慘不忍睹），看起來實在跟其他三人完全沒半點相同的地方。因此他們自然會感到困惑。而最糟糕的是，他好像根本不會講話。

他是有試著想要說話。當牛頭犬跟他說話（或是照他所認為的，先狺狺吠叫，然後又厲聲怒吼）的時候，他顫巍巍地舉起一隻手，喘著氣說：「聽話，乖狗狗，我只是個可憐的老人哪。」但就跟他聽不懂這些野獸的話一樣，他們同樣也聽不懂他的話。他們連一個字也沒聽懂：在他們聽來那只是一陣模糊不清的嘶嘶聲。也許這是因為他們不喜歡聽別人叫他們「聽話乖狗狗」吧，我認識的狗全都不喜歡這個稱呼，更何況是納尼亞王國裡的「能言狗」；我想你自己也不會喜歡被叫做「我的小小人」吧。

然後安德魯舅舅就倒在地上昏死過去。

「看吧！」一頭疣豬說，「它只是一棵樹。我早就看出來了。」（別忘了他們從來沒看過有人昏倒，他們甚至連摔倒都沒見過哩。）

牛頭犬剛才一直在安德魯舅舅全身上下嗅個不停，他此時抬起頭來說：「牠是動物。絕對是動物沒錯。說不定跟剛才那三個是同一種動物。」

「我可不這麼想，」一頭熊說，「哪有動物會像它那樣在地上打滾的啊。我們是動物，而我們可沒在地上打滾。我們站得多穩啊。就像這樣。」

---

＊十九世紀末至二十世紀初常見的男孩服飾，以前後打褶，並附有腰帶的寬鬆上衣，搭配燈籠褲穿著。

他挺起後腿站起來，往後退了一步，但卻不小心被一根低矮的樹枝絆倒，仰頭摔到了地上。

「第三個笑話，第三個笑話，第三個笑話來嘍！」穴鳥說，他興奮得不得了。

「我還是覺得它是樹的一種。」疣豬說。

「它要是樹的話，」另一頭熊說，「上面說不定會有蜂窩耶。」

「我確定它絕對不是樹，」獾說，「我有一種感覺，它剛才倒下來以前，好像是試著想要說話呢。」

「那只是風吹過樹枝的聲音啦。」疣豬說。

「你該不會是說，」穴鳥對獾說，「你覺得它是一頭能言獸吧！它連一個字也沒說啊。」

「不過呢，聽我說，」大象（當然是母象，你該記得她的丈夫已經被亞斯藍召去開會了）說，「不過呢，聽我說，它也有可能是某種動物。這頭那團比較白的腫塊，看起來不是還挺像是一張臉的嗎？而上面那些洞，說不定有可能是眼睛和嘴巴呀？當然，它是沒有鼻子啦。但話說回來——嗯哼——我們總不能這麼心胸狹隘嘛。我們之中也沒多少動物能稱得上是真的有『鼻子』。」她帶著一絲還算可以容忍的驕傲，歪垂下她那長長的象鼻。

「我強烈反對這種說法。」牛頭犬說。

「大象說得很對啊。」貘說。

「我跟你們說！」驢子愉快地說，「也許它是一種不會說話，但卻自以為會說話的動物。」

「能不能拉它站起來看看？」大象沉吟地表示。她用象鼻輕輕捲起安德魯舅舅癱軟的軀體，讓他直立起來。但不幸卻弄成了頭下腳上，因此從他口袋中叮叮噹噹地掉出了兩枚半英鎊、三枚二先令半，和一枚六便士硬幣。但這一點用也沒有。安德魯舅舅馬上又再度倒了下去。

「看吧！」好幾個嗓音喊道，「它根本就不是動物。它連動都不動咧。」

「我告訴你們，它是一隻動物，」牛頭犬說，「你們自己去聞聞看嘛。」

「嗅覺並不是萬能的。」大象說。

「什麼，」牛頭犬說，「你要是連自己的鼻子都不能信任，那你還能相信什麼？」

「這個嘛，也許是你的頭腦吧。」大象溫和地答道。

「我強烈反對這種說法。」牛頭犬說。

「好了，我們必須想點辦法來安置它，」大象說，「因為它有可能就是那個『血鵝』，所以我們必須把它交給亞斯藍。大家覺得怎麼樣？它究竟是一種動物，還是某種沒見過的樹？」

「樹！樹！」大約十來個嗓音說。

「很好，」大象說，「那麼，既然它是一棵樹的話，那我們就應該把它種到土裡才對。我們必須挖個洞。」

兩隻鼴鼠沒花多少時間就完成了這項工作。在討論究竟是該從哪一頭把安德魯舅舅種下去時，大家各持己見地起了一番爭執，他差點就遭受到頭被埋在土裡的悲慘命運。有些動物認為，他的雙腿一看就是樹枝，因此那團灰灰毛毛的東西（他們指的是他的頭）必然就是樹根了。但接著其他動物卻表示，他那兩根分岔狀的東西沾的泥巴比較多，張開來時分布的範圍也比較廣，而那才是樹根該有的模樣。因此最後他還是以正常的頭上腳下姿勢種到土裡。他們把洞裡的土填平，而他膝蓋以下完全被埋在土裡了。

「它看起來快要枯死了。」驢子說。

「我們自然得替它澆點水，」大象說，「請大家別介意我這麼說（這表示她無意得罪在場任何一個人），這個嘛，像那一類的工作，用我這種鼻子——」

「我強烈反對這種說法。」牛頭犬說。但大象已自動靜靜走到河邊，用她的象鼻吸滿水，再走回來替安德魯舅舅澆水。這頭賢明睿智的動物不停地噴灑，往他頭上潑了好幾加侖的水，水沿著他的燕尾服後襬流下來，讓他看起來活像是剛穿著衣服洗了個澡似的。最後他終於被水潑醒了。陷入昏迷的他甦醒過來。而他在甦醒時所看到的景象是多麼駭人啊！但我們必須先暫時拋下他，讓他好好反省自己的惡行（如果他有可能會做這麼明理的事的話），把焦點轉向那些更重要的事情。

草莓載著狄哥里輕快地往前跑去，其他動物的喧鬧聲逐漸消失遠去，而現在他們跟亞斯藍和他所揀選的議員們已相去不遠了。狄哥里知道自己無法打斷這麼隆重的會議，但他並不需要這麼做。亞斯藍一聲令下，公象、兩隻大烏鴉，以及其他所有動物就全都退到一旁。狄哥里滑下馬背，赫然發現自己就面對著亞斯藍。而亞斯藍比他原先所以為的更加龐大、更加美麗，金色皮毛更加明亮耀眼，同時也顯得更加恐怖駭人。他不敢正視那對巨大的眼睛。

「對不起——獅子先生——亞斯藍——先生，」狄哥里說，「你能不能——我可不可以——拜託你，你給我一些這國家的魔果，讓我去救我的母親好不好？」

他一直非常盼望獅子會說「好」；他也一直極端害怕他會答「不好」。但他竟然兩樣都沒說，這讓他感到大吃一驚。

「就是這個男孩，」亞斯藍並沒有看著狄哥里，反而望著他的議員們表示，「就是這個男孩做的。」

「喔，天哪，」狄哥里心想，「我又做了什麼啦？」

「亞當的兒子，」獅子說，「有一名邪惡的女巫，踏上了我這新生的納尼亞國土。告訴這些善良的野獸，她是怎麼來到這裡的。」

狄哥里的腦袋中閃現出十來個不同的說辭，但他隱隱感覺到自己最好是說實話。

「是我帶她來的，亞斯藍。」他低聲答道。

「有什麼目的嗎？」

「我想要讓她離開我們的世界，回到她自己的世界。我本來還以為我是把她帶回原來的地方。」

「那麼她又是用什麼方法，進入你們的世界呢，亞當的兒子？」

「用——用魔法。」

獅子什麼也沒說，狄哥里知道自己解釋得不夠清楚。

「是我的舅舅，亞斯藍。」他說，「他用魔法戒指送我們離開自己的世界。因為他已經把波莉先送過去了，所以不管怎樣我都非去不可，然後我們在一個叫做查恩的地方遇到了女巫，而她緊抓著我們不放——」

「你們遇到了女巫？」亞斯藍的嗓音十分低沉，隱隱帶著一絲怒吼的意味。

「是她醒了過來，」狄哥里可憐兮兮地說。然後他的臉突然變得慘白，「我是說，是我喚醒了她。因為我想知道，如果我敲響鐘的話，會發生什麼樣的事情。波莉不想這麼做。這不是她的錯。我——我還跟她打了一架。我知道我很不應該。我想在我看到鐘下面那行字以後，我就好像中了一點魔法。」

「你有嗎？」亞斯藍問道，他的嗓音依然非常低沉。

「沒有，」狄哥里說，「我現在知道我沒有了。我只是裝的。」

接下來沉默了許久。而在這段時間裡，狄哥里心裡一直在想：「我把一切都搞砸了。我現在休想要拿到東西救我母親了。」

當獅子再度開口說話時，對象並不是狄哥里。

「你們懂了吧，朋友們，」他說，「這個乾淨的新世界，我賜給你們還不到七個小時，就已被一股邪惡的勢力侵入；而將它喚醒，並把它帶到此處的人，就是這亞當的兒子。」野獸們全都轉頭望著狄哥里，甚至連草莓也不例外，這讓他羞愧得恨不得挖個地洞鑽進去，「但各位請不要灰心沮喪，」亞斯藍依然對著野獸們說，「那股邪惡勢力將會滋生更多的邪惡，但它目前還不成氣候，未來我會特別留意，讓我自己去承擔那最大的苦難。在目前這段時間，我們可以運用適當的手段，使這地方保住千百年的和平，讓它成為一個歡樂世界中的幸福樂土。由於傷害是亞當的後裔所造成的，亞當的後裔也將會設法做些彌補。其他兩位請走近一點。」

最後兩句話是對波莉和馬車夫說的。他們兩人現在已走到了現場。波莉目瞪口呆地盯著亞斯藍，並用力抓緊馬車夫的手。馬車夫一瞥見獅子，就伸手摘下了他的圓頂禮帽；過去從沒人見過他摘下帽子的模樣。他一摘下帽子，整個人頓時顯得年輕帥氣多了，而且也變得不太像是倫敦的出租馬車車夫，反倒像是個鄉下人。

「孩子，」亞斯藍對馬車夫說，「我已經認識你很久了，你認得我嗎？」

「呃，不認得，先生，」馬車夫說，「至少，就一般的看法來說是沒有。但不曉得怎麼搞的，在你面前俺覺得挺自在的，好像咱們老早就認識了。」

「很好，」獅子說，「你知道的比你自己以為的要多，未來會有時間讓你多認識我一些。你還喜歡這個國家嗎？」

「這是個一流的好地方啊。」馬車夫說。

「你想要永遠住在這裡嗎？」

「這個嘛，你知道，先生，俺已經結婚了，」馬車夫說，「要是俺老婆也在這兒的話，咱們兩個死都不會想要回倫敦去。咱們兩個其實都是鄉下人。」

亞斯藍昂起他那毛茸茸的頭顱，張開他的嘴巴，發出一個悠長的單音；

聲音並不是很大，但卻充滿了力量。波莉一聽到這個聲音，她的心就開始怦怦狂跳。她十分確定那是一種召喚，而不論是誰聽到這樣的召喚，都會想要立刻奉命前來，並且（更厲害的是），就算中間有無數時空阻隔，他都會有能力排除萬難趕到現場。因此，當一個長了張善良誠實面孔的女人，在剎那間憑空冒了出來，站在她身邊時，她雖然非常驚訝，卻並未真的感到震驚或是害怕。波莉立刻就知道，這一定就是馬車夫的太太。她並不是被什麼麻煩累人的魔法戒指，硬生生地拖離我們的世界，而是像鳥兒離巢般迅速、輕鬆，而又舒適地抵達此地。這個年輕女人剛才顯然正在忙著清洗，因為她身上穿著一條圍裙，袖子高高捲到手肘，手上沾滿了肥皂泡沫。她要是有時間換件體面的衣服，她看起來大概會有點恐怖（她最好的一頂帽子上鑲了些假櫻桃），但她現在這副模樣還挺好看的。

她自然以為自己是在做夢，所以才沒有立刻衝到她丈夫面前，詢問他們夫妻到底遇到了什麼怪事。但是當她望著獅子時，她又不太確定自己真的是在做夢了，然而不知怎的，她並不是很害怕。接著她就微微行了個屈膝禮，那個年代還有些鄉下女孩會行這種禮。行完禮之後，她就走過去握住馬車夫的手，站在那兒有些害羞地打量周遭的情形。

「我的孩子們，」亞斯藍凝視著他們兩人說，「你們兩人將成為納尼亞王國的第一任國王與王后。」

馬車夫震驚得張大嘴巴，他的妻子則羞得滿臉通紅。

「你們將統治這些生物，為他們一一命名，以公義對待他們，並在敵人興起時，保護他們免於受到傷害。而敵人勢必會興起，因為有一名邪惡的女巫來到了這個世界。」

馬車夫用力嚥了兩、三下口水，並清清喉嚨。

「對不起，先生，」他說，「俺真的非常謝謝你（俺老婆也一樣），但俺不是那塊料，這種工作俺真的做不來。你該知道，俺沒唸過什麼書。」

「唔，」亞斯藍說，「你能用鏟子和犁，在地上種出食物來嗎？」

「可以，先生，這類工作俺會一些；俺小時候就是種田長大的。」

「你能以仁慈與公義治理這些生物，不把他們當作奴隸使喚，並牢牢記住，他們並不是你原生世界中的無知啞獸，而是納尼亞王國的『能言獸』與自由的臣民嗎？」

「這俺知道，先生，」馬車夫回答，「俺會盡量用平等的態度對待他們大家。」

「你會教育你的後代子孫也這麼做嗎？」

「這俺會想辦法去做，先生。俺會盡我最大的努力；咱們兩個會一起努力的是吧，奈莉？」

「同時，你不論是對你自己的孩子，或是對其他任何生物，都絕不會偏袒徇私，也不准他們把別人踩在腳底下，或是任意奴役欺凌他人，這你做得到嗎？」

「俺生平最看不慣的就是這類事兒，先生，俺說的是實話。要是讓俺逮到的話，俺一定讓他們吃不了兜著走。」馬車夫說（在這整段對話中，他的嗓音變得越來越緩慢洪亮。不再是倫敦佬那種尖銳急促的聲音，反倒比較像是他少年時代所慣用的鄉下口音）。

「若是敵人前來侵略這片土地（因為敵人勢必會興起），而戰爭來臨時，你能夠第一個衝上戰場，並且最後一個離開嗎？」

「這個嘛，先生，」馬車夫非常緩慢地表示，「在沒真的碰到以前，你實在很難說自己會怎麼做。俺敢說俺有可能會變成個天大的孬種。俺這輩子只用拳頭打過架。俺會試著去——也就是說，俺希望俺會試著去——盡俺的本分。」

「那麼，」亞斯藍說，「你這樣已經可以盡到一名國王所應承擔的所有義務了。我們會在不久之後舉行你的加冕典禮。而你和你的後代子孫將會受到祝福，有些人將會成為納尼亞國王，而其他人則會成為『南山』外那片『亞成地』王國的君主。至於妳呢，小女兒（說到這裡他轉頭望著波莉），歡迎妳來到這裡。妳已原諒男孩在那受詛咒的查恩王國廢棄宮殿『肖像廳』中對妳所做的暴行了嗎？」

「是的，亞斯藍，我們已經和好了。」波莉說。

「很好，」亞斯藍說，「現在該輪到男孩自己了。」

# 12
# 草莓的冒險

他們越飛越高，直到瀑布轟隆隆的怒吼變成低微的聲響，
但卻依然未曾高得足以飛越懸崖峰頂。

狄哥里一直緊閉著嘴巴。他的心情變得越來越忐忑不安。他暗暗希望不論發生任何事，他都千萬不要失控大哭，或是做出什麼荒唐的蠢事。

「亞當的兒子，」亞斯藍說，「你已準備好要去彌補，你在我這美好納尼亞王國誕生之日對它所造成的傷害了嗎？」

「呃，我不曉得我能做什麼，」狄哥里說，「你也知道，女王已經跑走了，而且——」

「我問的是，你準備好了嗎？」獅子說。

「是的。」狄哥里說。他在那一瞬間腦中閃現出一個瘋狂的念頭，而他差點開口說：「你要是答應救我母親，我就會想辦法幫你。」幸好他及時醒悟，他知道獅子並不是那種可以談條件的人。但就在他說出「是的」時，他心裡不禁想到了他的母親，同時也想到，他曾經懷抱的美好希望，此刻已完全化成泡影，因此他忍不住喉頭一哽，眼泛淚光，並不假思索地衝口而出：

「可是拜託，求求你——你能不能——你可不可以給我一些能治好我母親的東西？」在這之前，他一直低頭望著獅子的大腳與巨爪，但現在他在絕望中抬起頭來，凝視他的面孔。他看到了這輩子最令他震驚的一幅畫面。那張黃褐色的獅臉俯下來貼在他面前，而（不可思議地）獅子的眼中盈滿了巨大閃亮的淚珠。跟狄哥里自己的眼淚比起來，它們是顯得如此巨大晶亮，因此在那一剎那，他不禁感到，獅子為他母親所感到的傷心難過，甚至比他自己還要更深幾分。

「我的孩子，我的孩子，」亞斯藍說，「我了解，悲傷是如此沉重。目前在這片國土中，就只有你我才能理解。讓我們互相扶持，彼此幫助吧。但我必須為納尼亞王國的千秋萬世著想。你帶到這個世界的女巫，日後將會再返回納尼亞。不過來日方長。我希望能在納尼亞種下一棵使她不敢接近的樹，而那棵樹將會保護納尼亞遠離她的魔掌，度過多年的太平歲月。因此在烏雲遮蔽太陽之前，這片土地仍能享有一個漫長而光明的早晨。你必須把那棵樹的種子帶來給我。」

「是的，先生。」狄哥里說。他完全不曉得該怎麼做，但他現在卻相當確定自己有能力可以辦得到。獅子深深吸了一口氣，把頭俯得更低，給了他一個獅子的吻。狄哥里立刻感到，有一股新的力量與勇氣注入了他的體內。

「親愛的孩子，」亞斯藍說，「我會告訴你該怎麼做。轉身望著西方，告訴我，你看見了什麼？」

「我看到高聳無比的山巒，亞斯藍，」狄哥里說，「我看到有條河奔下懸崖，形成一座瀑布。在懸崖之外，是森林密布的青翠高丘。在這後方，是更加高聳且幾近黑色的山脈。然後，在遠方有著層層堆疊的大雪山——就跟畫中的阿爾卑斯山十分相像。雪山後是一片空無一物的天空。」

「你看得很清楚，」獅子說，「聽好，納尼亞的疆界是到瀑布落下之處為止，而你一旦到達懸崖頂端，就等於是離開了納尼亞，進入『西方荒野』。你必須穿越群山，找到一個四周環繞著冰山，裡面有一個藍色湖泊的綠色山谷。湖泊盡頭有一座陡峭的碧綠山丘。山丘頂上有一個花園。花園中央有一棵樹。從那棵樹上摘一個蘋果帶回來給我。」

「是的，先生。」狄哥里再度答道。他根本不曉得他要怎樣才能爬上懸崖，在那廣袤無垠的山脈中找到正確的道路，可是他不想說出他的想法，因為他怕這聽起來會像是在找藉口推託。但他還是忍不住表示：「亞斯藍，我希望這件事你不是很急。我沒辦法在短時間之內趕回來。」

「亞當的幼子，你會得到幫助的。」亞斯藍說。然後他轉向那頭一直默默站在他們旁邊的馬兒。馬兒正在搖尾巴趕蒼蠅，歪著頭專注傾聽，似乎是覺得這段對話不太好懂。

「親愛的，」亞斯藍對馬兒說，「你想當一隻飛馬嗎？」

你真該看看馬兒那副甩動鬃毛、張大鼻孔，用一隻後蹄輕踏地面的模樣。他顯然想當飛馬想得要命。但他嘴裡卻只是說：

「要是你希望的話，亞斯藍——要是你真有這個意思——我不曉得為什麼會選上我——我並不是一隻很聰明的馬兒呀。」

「長出翅膀。成為所有飛馬的始祖，」亞斯藍用一種撼動大地的嗓音吼道，「你的名字是羽生。」

馬兒驚跳退縮，而他那副模樣，活像是回到了過去當拉車馬兒的苦日子。然後他開始怒吼。他的脖子扭向後方，彷彿那兒有隻蒼蠅在咬他肩膀，而他想要去搔搔癢似的。然後，就像野獸冒出地面時的情形一樣，羽生的肩膀上冒出了一對翅膀，它們開始伸展成長，很快就長得比老鷹翅膀、比天鵝翅膀，甚至比教堂窗戶上的天使翅膀都還要大上一些。翅膀上的羽毛閃耀著栗色與銅色的光輝。他奮力振翅一揮，躍入空中。他在亞斯藍和狄哥里上方二十呎高空不停地噴鼻息、嘶鳴，與騰越飛舞。在空中繞了一圈之後，他就砰的一聲，四隻蹄子同時落到地面上，動作有些笨拙，並露出一臉不敢置信的神情，但卻顯得非常愉快。

「還不錯吧，羽生？」亞斯藍說。

「太棒了，亞斯藍。」羽生說。

「你可以讓這個亞當的幼子坐在你背上，把他帶到我剛才說的那座山谷嗎？」

「什麼？現在？立刻出發嗎？」草莓說——或許我們現在該叫他羽生了——「萬歲！來吧，小傢伙，我以前也載過像你這樣的小東西。那是很久很久以前的事了。那個時候有碧綠的青草地；而且還有糖吃哩。」

「這兩個夏娃的女兒在說什麼悄悄話？」亞斯藍忽然轉向波莉和馬車夫的妻子，事實上她們兩人是在交朋友。

「如果你允許的話，先生，」海倫王后（這是馬車夫的太太奈莉現在的身分）說，「只要不會替他們添麻煩，我看這個小女孩也很想跟他們一塊兒去。」

「羽生覺得怎麼樣？」獅子問道。

「喔，我無所謂，兩個小傢伙我還載得動，」羽生說，「但大象可千萬別說她也想去。」

大象可沒有這樣的念頭。納尼亞的新國王協助兩個孩子爬上馬背，也就是說，他粗魯地隨手一提，把狄哥里拎上馬背，卻用非常溫柔細心的動作把波莉抱上馬背，就好像她是個易碎的瓷娃娃似的。「他們坐好了，草莓——該叫你羽生才對。這件事可不太好辦呢。」

「別飛得太高，」亞斯藍說，「別企圖飛越大冰山峰頂。尋找山谷，穿越那些林木蓊鬱的綠地。那兒總是可以找到一條道路通過。好了，現在帶著我的祝福出發吧。」

「喔，羽生！」狄哥里說，並俯身向前，拍拍馬兒毛色光潤的脖子，「實在太好玩了。抱緊我，波莉。」

下一刻，大地就被他們遠遠拋在腳下，並且還在旋轉，而這是因為，羽生在開始牠漫長的西飛旅程前，先像大鴿子似地在空中盤旋了一、兩圈。波莉低頭俯瞰下方，她現在已經無法看清國王和王后的身影，而甚至連亞斯藍自己，也變成了青綠草地中一個耀眼的黃點。過沒多久，他們就感覺到迎面吹來的山風，而羽生也開始以穩定的速度振翅飛翔。

納尼亞那片由草坪、岩石、石南，與各種樹木等不同色彩所組成的繽紛大地，在他們下方綿延鋪展，河流宛如一條水銀緞帶般蜿蜒川流而過。他們現在往右邊望過去，已經可以越過那些矗立在北方的低丘山頂，看清後方的景象；丘陵後是一片廣漠的荒野，地勢一路緩緩攀升至遠方的地平線盡頭。他們左邊的山峰尖拔陡峭，但不時會出現一道裂隙，透過那些高聳松樹林間的縫隙，你會瞥見後方那片看起來藍澄澄，十分遙遠的南方土地。

「那裡就是亞成地。」波莉說。

「沒錯，但妳看前面！」狄哥里說。

一座巨大的懸崖擋住他們的去路，河流在此由其北方高地的發源處，隆隆怒吼，水花四濺地潑入納尼亞國土，陽光在水簾上恣意跳躍，閃得他們幾乎睜不開眼睛。他們越飛越高，直到瀑布轟隆隆的怒吼變成低微的聲響，但卻依然未曾高得足以飛越懸崖峰頂。

「我們得在這兒兜一下圈子，」羽生說，「抓緊了。」

他開始在空中往來飛行，每掉一次頭就飛得更高一些。周遭的空氣變得越來越寒冷，他們聽到下方傳來老鷹的叫聲。

「哎呀，快回頭看！看後面。」波莉說。

他們看到整個納尼亞山谷朝東邊綿延伸展，就在快到達東方地平線盡頭的地方，微微露出一線閃爍發光的海面。現在他們已飛得極高，因此他們可以看到在西北邊的荒野後方，出現一些看起來相當小巧的嶙峋高山，以及南方遠處那片似乎遍地是沙的平原。

「我真希望有人可以告訴我們，這到底都是些什麼地方。」狄哥里說。

「我看這兒根本還什麼都不是，」波莉說，「我是說，這兒既沒人住，也沒任何事情發生。這個世界今天才剛誕生哩。」

「是還沒有，但人們將會來到這裡，」狄哥里說，「然後他們就會有自己的歷史，懂了吧。」

「喔，那幸好現在還沒有，」波莉說，「這樣就不會有人被逼去唸歷史了。那些戰役啦、日期啦和其他那些無聊事，真是煩死人了。」

現在他們已越過懸崖峰頂，而在短短幾分鐘之內，納尼亞山谷已被遠遠拋在後面，完全失去蹤影。他們依然沿著河流的蹤跡往前飛行，越過一片有著陡峭丘陵與黝黑森林的蠻荒地區。前方隱隱浮現出那座巍峨巨山的身影。但現在這群旅人的眼睛正對著太陽，因此前方的景象他們全都看不太清楚。太陽越沉越低，將西方天空染成一個盛滿流金的巨大熔爐；最後太陽終於沉落到一座尖峰後方，在周遭明亮背景的襯托下，這座山峰的輪廓看起來格外尖銳平板，簡直就像是用硬紙板裁出來似的。

「這兒實在是不夠暖。」波莉說。

「而且我的翅膀也有點痠痛，」羽生說，「根本看不到亞斯藍說的那個有湖泊的山谷。我們先飛下去，找個好地方過夜怎麼樣？我們今晚是到不了那個地方了。」

「好啊，而且現在該吃晚餐了吧？」狄哥里說。

於是羽生開始越飛越低。當他們飛落到丘陵之中，即將到達地面時，周遭的空氣變得暖和多了，在經過好幾個鐘頭除了羽生拍翅膀的聲音，完全聽不到任何聲響的漫長旅程之後，他們非常高興能再聽到屬於塵世的平凡聲響——河水流過石床的淙淙呢喃，以及微風吹過樹林的沙沙低語。一股溫暖清新、混雜了陽光烘烤過土香、草香、花香的好聞氣味，立刻朝他們襲湧過來。最後羽生終於落到地上。狄哥里跳下馬，再把波莉扶下來。他們兩人都很高興能伸伸他們那僵硬發麻的雙腿。

他們降落的山谷坐臥於群山中央；他們四周聳立著白雪皚皚的高峰，其中一座被夕陽的餘暉染成了玫瑰紅色。

「我真的餓了。」狄哥里說。

「嗯，那就大吃一頓吧。」羽生說，低頭咬了一大口青草。然後他抬起頭來，青草從他嘴巴兩側冒出來，看來活像是一根根的鬍鬚，他邊嚼邊說：「快吃啊，你們兩個。別害羞嘛。這兒夠我們三個吃的了。」

「可是我們不能吃草啊。」狄哥里說。

「嗯哼，嗯哼，」羽生嘴裡塞滿了食物，「這個嘛——嗯哼——那我也不曉得你們該怎麼辦。這些草滋味可好得很哩。」

波莉和狄哥里驚慌地互相對望。

「嗯，我本來還以為會有人替我們準備食物。」狄哥里說。

「你們要是開口向亞斯藍要的話，他是一定會替你們準備的。」羽生說。

「難道我們不向他要，他就想不到嗎？」波莉問道。

「依我看他當然想得到啦，」馬兒說（牠嘴裡仍然塞滿食物），「只不過我有一種感覺，他好像就是喜歡別人開口向他要。」

「那我們到底要怎麼辦？」狄哥里問道。

「這我也不曉得，」羽生說，「你們要不要嚐點青草，說不定你們會覺得沒想像中那麼糟糕。」

「喔，別傻了，」波莉跺著腳說，「哪有人會吃青草啊，難道你們馬兒會吃羊肉片嗎？」

「看在老天的分上，拜託別再說什麼肉片肉片的了，」狄哥里說，「那只會讓妳肚子變得更餓。」

狄哥里表示，波莉最好是先用戒指回家去吃點東西；他自己沒辦法這麼做，因為他已經答應要直接去替亞斯藍辦事，而他若是回家的話，說不定會發生什麼意外，讓他沒辦法再回到這裡。但波莉卻說，她是絕不會拋下他，自己一個人離開，而狄哥里不禁稱讚她真是個大好人。

「對了，」波莉說，「我夾克裡還有包沒吃完的太妃糖。這總比空肚子要好一些。」

「好太多了，」狄哥里說，「不過妳把手伸進口袋時要小心一點，千萬別碰到妳的戒指。」

這是件非常困難，而且還需要全神貫注的精密工作，但他們最後還是成功了。當他們好不容易把那個小紙袋取出來時，卻發現它已經被壓得皺巴巴黏呼呼的，因此他們現在要面對的問題，並不是該怎樣把太妃糖從袋子裡拿出來，而是要如何把黏在太妃糖上的紙袋撕掉。有些大人（你也曉得他們在這方面有多愛大驚小怪）寧可空肚子挨餓，也死都不肯去碰這些太妃糖。紙袋裡總共有九顆太妃糖。而狄哥里想到一個聰明的好主意，他建議兩人各分四顆糖，把剩下的一顆糖種到土裡；他是這麼說的：「要是從路燈柱上扯下來的鐵棒，都可以長出一棵小路燈樹，那這顆糖為什麼不能長出一棵太妃糖樹來？」於是他們在草地上挖了一個小洞，把一顆太妃糖埋進土裡。然後他們開始吃各人分到的糖果，並盡可能吃得越慢越好。這真是頓寒酸的晚餐，就算他們忍不住把糖果紙一起吞進肚子裡去，卻還是只夠塞牙縫。

羽生享用完他豐盛的大餐，趴坐在地上休息。兩個孩子走過來，分別坐在他的兩旁，緊貼著他那溫暖的身軀，他展開翅膀蓋在他們身上，讓他們感到非常舒服。當這個新世界中那些年輕明亮的星星紛紛湧現時，他們開始無所不談地聊了起來：狄哥里原本有多希望能找到東西救他的母親，但結果卻被派來執行這項任務。而且他們還對彼此重複述說那些用來辨識他們目的地的一切特徵——藍色湖泊，與山頂有一座花園的丘陵。就在他們感到昏昏欲睡，談話開始變得有一搭沒一搭的時候，波莉突然非常清醒地坐了起來，說：「安靜！」

大家全都側耳傾聽。

「也許只是風吹過樹林的聲音。」狄哥里在不久之後表示。

「這我可不太確定，」羽生說，「不管怎樣——等一下！又來了。我敢以亞斯藍的名字起誓，的確是不太對勁。」

馬兒用非常誇張的動作從地上爬了起來，發出一陣極為響亮的聲音；孩子們早已站了起來。羽生開始來回奔跑，不斷地嗅來嗅去並仰頭嘶鳴。兩個孩子躡手躡腳地四處走動，把頭探到每一株灌木與樹木背後察看。他們老是疑神疑鬼地覺得自己看到有東西在動，但其中有一次，波莉非常確定，她看到一個高高的黑影飛快地掠向北方。但結果他們什麼也沒找到，最後羽生又再度躺下來，孩子們也重新依偎（不知這個形容詞恰不恰當）在他的翅膀下。他們馬上就睡著了。羽生比他們多撐了許久才睡著，他的耳朵在黑暗中不停地動來動去，他的皮毛也不時微微抖上一下，彷彿身上停了隻蒼蠅似的；最後連他也睡著了。

# 13
# 意外的相逢

在這些魔法地域中，你還是小心為妙。

你永遠都不曉得，附近會有什麼東西正在盯著你瞧。

「快起來，狄哥里，起來啊，羽生，」他們耳邊響起波莉的聲音，「它已經變成一棵太妃糖樹了耶。而且今天早上的天氣棒透了。」

清晨柔和的陽光穿越樹林流瀉而出，草地上覆蓋著一層灰濛濛的露珠，蛛網宛若銀線織成般閃爍發光。就在他們背後，長了一株樹幹顏色漆黑的小樹，大約跟蘋果樹差不多大小。樹葉微微泛白並如紙般扁薄，跟一種叫緞花*的藥草十分相像，同時樹上結滿了許多像棗椰般的褐色小果子。

「萬歲！」狄哥里說，「我要先去洗個澡。」他快步衝過一、兩叢開花灌木，來到河邊。你曾在一條水流清淺湍急，河床上布滿紅色、黃色、藍色美麗石頭，在陽光下閃耀出璀璨水光的山溪中洗過澡嗎？那就跟在大海中泅泳的感覺一樣棒；在某方面來說甚至更棒一些。當然啦，他必須渾身濕淋淋地重新穿上衣服，但他剛才實在是太享受了，所以就算這樣他也覺得心甘情願。等他洗好澡回到原處時，波莉也走到河邊去洗澡；至少她是這麼說的，但我們都曉得她不太會游泳，所以呢，也許最好還是別去打破砂鍋問到底。羽生同樣也走到河邊，但他只是站在河心，俯下身去痛快暢飲了一番，然後再甩甩鬚毛，仰頭嘶鳴了幾聲。

波莉和狄哥里開始動手去摘太妃糖樹上的果子吃。果子的味道十分鮮美；它跟太妃糖不太一樣——咬起來比較軟，水分也比較多——比較像是一種帶有太妃糖風味的水果。羽生同樣也享用了一頓豐盛的早餐；他嚐了一顆太妃糖果子，覺得味道還不錯，卻說一大早還是覺得吃青草比較對味。吃完早餐後，孩子們費了一番工夫才成功爬上馬背，開始他們的第二段旅程。

今天的旅程甚至比昨天還要有趣許多，一部分是因為他們大家現在全都精神飽滿，因此感到格外神清氣爽，一部分是因為早晨初昇的太陽是在他們背後，你若是背對光源，眼前的一切自然全都會變得好看多了。這真是一段非常美妙的飛行旅程。他們四周環繞著高高聳立的大雪山。下方遠處的山

＊honesty，十字花科二年生植物，其角果扁薄並呈卵形，有銀色紙質隔膜，可用來製作裝飾用的乾燥花。

谷是如此青翠碧綠，那些自冰河流淌而下，匯入河川主流的小溪又是如此晶瑩蔚藍，彷彿就像是在一堆巨大美麗的寶石上空飛翔。他們真希望這段冒險旅程不要太快結束。但過沒多久，他們就全都貪婪地吸著空氣，七嘴八舌地問道「這是什麼啊？」「你們有沒有聞到什麼味道？」「這是從哪兒飄過來的？」而這是因為，此刻有一股溫暖醇厚，彷彿混雜了世上所有最甜美的花香與果香，令人感到芳香無比的氣味，從前方某處飄送到他們面前。

「這是從那個有湖泊的山谷飄過來的。」羽生說。

「真的耶，」狄哥里說，「看那邊！湖泊盡頭有一座綠色山丘。而且你們看，那湖水真是藍得耀眼。」

「這一定就是我們要找的地方。」他們三個齊聲表示。

羽生開始在空中兜大圈子緩緩下降。上空的冰峰顯得越來越高聳入雲。周遭的空氣變得越來越溫暖甜美，甜美得幾乎讓你忍不住流出眼淚。羽生現在伸展翅膀，靜止不動地在空中滑翔，弓起馬蹄擺出準備降落的姿勢。陡峭的綠丘迅速逼近眼前。過了一會兒，他就降落在山坡上，但動作仍有些笨拙。孩子們滾下來，摔到溫暖細緻的草地上，卻一點也不覺得痛，然後他們就站了起來，微微喘氣。

他們現在大約是位於山坡四分之三高度的地方，而他們立刻出發爬向山頂（羽生要不是張開翅膀保持平衡，並不時拍上一、兩下，幫助他奮力往上爬的話，我看他很可能會爬不上去）。山丘頂上圍了一圈綠草築成的高牆。牆內有著一片樹林。濃密的枝椏從牆頂上冒出來；當風翻動林葉時，他們看到樹上除了綠葉之外，還有著藍色與銀色的樹葉。這群旅人爬到了山頂，他們幾乎在綠牆外繞了一整圈，才發現那兒有一扇門：一座高聳的金色大門，正對著東方，關得密不透風。

我想在這之前，羽生和波莉一直都打算要跟狄哥里一起進去。但他們現在已經打消念頭了。你絕對想不到，世上竟然會有這麼門禁森嚴、明顯是屬於私人領域的地方。你一眼就可以看出它是某個人的私人產業。除非你是在非常特殊的情況下奉命到這兒來辦事，否則只有傻瓜才會夢想自己可以進得去。狄哥里自己也立刻了解到，其他人並不會跟他一起進去，而他們也不能這麼做。他獨自往前走向大門。

在他快走到門前時，他才看到在那金色的門面上，有著幾行銀色字跡；內容大約如下：

自金色大門進入，否則就永不入內，
爲他人摘下我的果子，否則就休生妄想，
而那些偷竊我果子或攀爬我牆壁的鼠輩，
將會獲得他們心之所欲並陷入絕望。

「**為他人摘下我的果子**，」狄哥里自言自語道，「嗯，我就是打算要這麼做。我想這應該是表示，我自己絕對不能摘果子吃。我看不懂最後那句好像在教訓人的話是什麼意思。**自金色大門進入**。廢話，要是有門可以走，誰會想要去爬牆啊！但這門要怎麼才能打開呢？」他把手貼在門上，而在剎那間，門上的鎖鍊就輕巧無聲地鬆脫，大門立刻朝內敞開。

現在他可以清楚看到門內的景象，它看起來甚至比先前更加私密。他懷著非常慎重的心情走了進去，開始打量周遭的環境。裡面的一切全都顯得異常寧靜。甚至連那座靠近花園中央位置的噴泉，發出的聲音都幾乎細不可聞。四周瀰漫著那股異常美妙的香味；這是一個幸福快樂但卻非常嚴肅莊重的地方。

他立刻就認出他要尋找的那棵樹，部分是因為它就矗立在花園正中央，部分是因為樹上那些銀色大蘋果是如此燦爛耀眼，並用它們自己的光芒照亮了陽光無法觸及的陰暗角落。他直接走到那棵樹前方，摘下一個蘋果，塞進他諾福克夾克胸前的口袋。但他在把蘋果收好之前，忍不住先觀賞了一會兒，並低頭聞了一下它的香味。

他要是沒這麼做還好些。他突然感到一陣強烈的飢渴，並且非常想要去嚐嚐看果子的味道。他慌忙把它塞進口袋，但樹上還多的是果子。嚐個果子有什麼不對？他心想，何況門上的告示也不一定就是規定；它說不定只是一種勸告——有誰會把勸告放在心上啊？再說，就算那真的是規定，難道他吃個蘋果就算犯規嗎？他都已經乖乖遵照上面的部分指示，「為他人」摘個蘋果了呢。

就在他這樣胡思亂想的時候，他不經意地抬起頭來，透過枝椏間的縫隙望向樹梢。在那裡，在他頭頂的一根樹枝上，棲息著一隻奇異的鳥兒。我會用「棲息」這個字眼，是因為牠看起來似乎是在睡覺；或許並非如此。牠有一隻眼睛微微張開一條細縫。牠比老鷹大一些，前胸是橘紅色，頭上有著猩紅色冠毛，還有著一條紫色的尾巴。

「這就表示，」日後每當狄哥里在跟別人述說這個故事時，他總是這麼說，「在這些魔法地域中，你還是小心為妙。你永遠都不曉得，附近會有什麼東西正在盯著你瞧。」但我認為，狄哥里不管怎樣，都絕不會去摘蘋果給自己吃。那個年代的孩子經常被灌輸「不准偷盜」之類的觀念，在不知不覺中已將這類規範奉為金科玉律，因此他們比現在的孩子要規矩多了。但話說回來，這類事你永遠也無法確定。

就在狄哥里轉身準備走向大門時，他忽然停下腳步，回頭望了最後一眼。他的心猛然一震，這裡並不是只有他一個人。女巫就站在幾碼外的地方。她正在順手拋開一個她吃剩的蘋果核。這種果汁的顏色比你想像中深多了，因此她嘴邊染上了一圈可怕的汙痕。狄哥里立刻猜到，她一定是從牆上爬進來的。他開始隱約體會到，門上那最後一行關於你將會獲得心中渴望的事物，但同時也將陷入絕望的詞句，或許還真有幾分道理。因為女巫此刻顯得比過去更加驕傲，更加強壯，而就某方面來說，甚至更加志得意滿，但她的面孔卻非常慘白，白得像雪一樣。

這所有念頭在狄哥里腦海中一閃而過；然後他就急忙轉身拔腿狂奔，用最快的速度衝向大門，女巫在後面緊追不捨。他一跑出大門，大門就在他身後自動關上。這讓他暫時領先了幾步，但卻沒能維持多久。就在他跑到他同伴們面前，大聲喊叫：「快，快上馬，波莉！起來呀，羽生。」時，女巫已從牆後爬了出來，或者該說是，她縱身躍過那座牆，再度緊跟在他的身後。

「站住別動，」狄哥里喊道，轉身面對著她，「要不然我們就馬上全部消失。不准妳再靠近一步。」

「傻孩子，」女巫說，「你為什麼要逃避我呢？我又不會傷害你。你現在要是不停下來聽我說，那你就會平白錯過了某些能讓你一輩子幸福快樂的寶貴知識。」

「嗯，謝了，我不想聽。」狄哥里說。但他還是乖乖聽下去。

「我知道你是到這兒來執行什麼樣的任務，」女巫繼續說，「因為昨晚我就躲在你們旁邊的樹林裡，而你們商量的事我全都聽得一清二楚。你已經在那邊的花園裡摘下了果子。它現在就放在你的口袋裡。而你自己連嚐都沒嚐過一口，就打算把它帶回去送給那頭獅子；讓**他**去吃，讓**他**去用。你這個傻瓜！你知道那是什麼果子嗎？我可以告訴你。那就是青春之果，生命之果。我知道，因為我嚐過它的滋味；而我已經感到自己整個人煥然一新，而我確定我將會青春永駐，並且長生不死。吃吧，孩子，把它吃下去吧；這樣你和我兩個人就會永生不死，成為這整個世界的國王與王后——而你若是想要回家的話，我們也可以雙雙統治你的世界。」

「不，謝了，」狄哥里說，「要是我認識的人全都死光了，就我一個人永遠活下去，那也沒什麼意思。我寧可像平凡人那樣活到老死，然後上天堂。」

「那你母親該怎麼辦，你不是老是假裝愛她愛得要命嗎？」

「這跟她有什麼關係？」狄哥里說。

「傻孩子，你難道看不出，只要咬一口那種蘋果，就可以讓她完全恢復健康嗎？你口袋裡就有一個。這裡就只有我們幾個人，而那頭獅子根本就遠在天邊。施展你的魔法，回到你自己的世界去吧。一分鐘後，你就可以回到你母親床邊，拿果子給她吃。五分鐘之後，你將會看到她臉上慢慢恢復血色。她會告訴你疼痛已經消失了。過沒多久，她就會表示她感到有力氣多了。然後她會睡著——你好好想想看：沒有痛苦，也不需要任何藥物，舒舒服服地自然入眠，一連睡上幾個鐘頭的好覺。第二天起來，所有人都會說她已經奇蹟似地康復了。她很快就會完全好轉，一切全都會再度好轉，你們家又可以重新過著幸福快樂的日子。而你的生活就會變得跟其他男孩一樣正常了。」

「喔！」狄哥里伸手按住頭，彷彿受傷似地屏息喊道。他知道他現在正面臨一項最痛苦的抉擇。

「那頭獅子到底為你做了什麼，值得讓你這樣甘願替他做牛做馬？」女巫說，「而且等你回到你自己的世界以後，他又能拿你怎麼辦呢？你母親要是曉得，你原本可以消除她的痛苦，解救她的性命，使你父親免於心碎，但你卻不願這麼做——你寧可在一個跟你毫不相干的奇怪世界裡，替一頭野獸跑腿辦事，你說她會怎麼想？」

「我——我不認為他是野獸，」狄哥里用一種乾澀的嗓音說，「他是——我不曉得——」

「那可見他比野獸還要糟糕，」女巫說，「看看他已經對你造成了什麼樣的影響：他讓你變成了一個沒心肝的怪物。所有聽他話的人，全都會落到這樣的下場。真是個殘酷無情的孩子！你寧願眼睜睜看著你的親生母親死掉——」

「喔，住口，」心中痛苦萬分的狄哥里說，而他的嗓音仍然跟先前一樣乾澀，「妳難道以為我真的不懂嗎？可是我——我已經做出承諾了。」

「啊，可是你在做出承諾的時候，根本就還搞不清狀況嘛。何況這兒根本就沒人能攔得了你。」

「是我母親自己，」狄哥里非常費力地緩緩表示，「她會不高興的——她對遵守承諾這件事向來都嚴格得要命——還有不准偷盜也是——反正所有這類規定，她全都看得非常重要。她要是人在這裡的話，**她**自己一定會立刻——連想都不用想——叫我不准做這種事的。」

「但你不用告訴她呀，」女巫說，她的嗓音變得越來越甜，你絕對想不到一個面孔這麼凶惡的人，居然會用這麼甜膩的嗓音說話，「你不用告訴她，你是怎麼得到這顆蘋果的。你父親也不用知道這些事情。在你的世界中，沒有任何人有必要知道這整件事的來龍去脈。你該曉得，你根本不用帶這個小女孩跟你一起回去。」

女巫就是在這裡犯下致命的錯誤。狄哥里自然知道波莉大可用她自己的戒指，跟他一樣迅速離開此地。但女巫顯然對此一無所知。而這種要他拋下波莉的卑鄙提議，在剎那間使得女巫先前所說的其他一切，全都顯得虛情假意。狄哥里內心雖正在天人交戰痛苦異常，但他的頭腦卻在瞬間突然清醒過來，他開口表示（並換上一副全然不同的洪亮嗓音）：

「妳給我聽著：妳什麼時候變得這麼好心啦？**妳**幹嘛突然變得這麼關心**我的**母親？這跟妳有什麼關係？妳到底有什麼陰謀？」

「說得好，小狄，」波莉附在他耳邊悄聲說，「快！**現在**就走！」在剛才他們兩人爭執不下的時候，她完全不敢開口表示意見，你也曉得，畢竟快死的人並不是**她自己的**母親。

「那就上馬吧。」狄哥里說，先扶她坐到羽生背上，然後再盡量用最快的速度爬上馬背。馬兒展開翅膀。

「那你就走吧，傻瓜，」女巫喊道，「當你年老臥病在床，奄奄一息的時候，孩子，你將會想到我，並記起你當初是如何棄絕了青春不老的寶貴機會！你這輩子再也碰不到同樣的機會了。」

他們此時已飛到高空，因此他們只能隱約聽到她的聲音。女巫同樣也沒浪費時間目送他們離去；他們看到她立刻轉向北方，快步走下山坡。

他們當天一大早就出發辦事，在花園裡也沒耽擱多少時間，因此羽生和波莉兩人都認為，他們可以趕在天黑以前順利返回納尼亞。狄哥里在回程中沒開口說過一句話，其他兩個同伴也不好意思去打擾他。他心裡非常難過，而且他有時甚至會懷疑自己做的到底對不對，但當他回想起亞斯藍眼中的閃亮淚光時，他就相當確定自己是做了正確的選擇。

羽生穩定地拍著翅膀，毫不懈怠地飛行了一整天；他沿著河流的蹤跡朝東方飛行，穿過高山，越過林木蓊鬱的丘陵，然後掠過大瀑布朝下降落，飛向納尼亞樹林那片位於大懸崖黑影下的陰暗角落，當背後的天空被夕陽染紅時，他終於看到許多動物聚集在河邊。過沒多久，他就可以在他們之中辨識出亞斯藍的身影。羽生開始往下滑翔，他張開四腿，收起翅膀，降落到地上，順勢往前跑了一小段距離，然後他停了下來。孩子們爬下馬。狄哥里看到所有的動物、小矮人、牧神、精靈，與其他各種生物全都退向兩旁，讓出一條路讓他通過。狄哥里走到亞斯藍前方，把蘋果遞到他面前說：

「我把你要的蘋果帶回來了，先生。」

# 14

# 植樹

去吧，去為她從樹上摘一顆蘋果。

「做得好。」亞斯藍用一種足以撼動大地的洪亮聲音說。於是狄哥里知道，在場所有的納尼亞人全都聽到了這句話，而關於這句話的故事，也將會在這新世界中代代相傳數百年之久，或許將永遠流傳下去。他現在和亞斯藍面對面，他完全不用擔心，自己會因此而感到驕傲自大。他發現他現在已經能夠正視亞斯藍的眼睛了。他忘了他所有的煩惱，感到心滿意足。

「做得好，亞當的兒子，」亞斯藍又說了一聲，「你曾為了這個果子忍受飢渴並流下淚水。只有你才能替我們種下這棵日後將保衛納尼亞王國的樹木。把這顆蘋果扔向土質鬆軟的河岸。」

狄哥里乖乖照做。大家全都變得非常安靜，靜得可以聽見蘋果撲通一聲落進泥濘的輕柔聲響。

「扔得真準，」亞斯藍說，「現在讓我們開始為納尼亞的法蘭克國王與海倫王后舉行加冕典禮。」

孩子們直到現在才注意到這對夫妻。他們已換上一身奇特美麗的服裝，肩上披著拖到地的華貴長披風，四名小矮人負責在後方舉起國王的衣裾，而王后則是由四名河精靈為她服務。他們頭上並未戴任何飾物，但海倫把她的頭髮放了下來，而這使她的容貌大為改觀。但不論是衣服或是頭髮，都不是讓他們看起來跟原來大不相同的真正原因。他們的臉上出現一種嶄新的神情，尤以國王特別明顯。他在過去的倫敦出租馬車車夫生涯中，所逐漸沾染上的那種奸詐、狡猾，又好鬥的神情，此刻似乎已完全被洗淨，而他原本就具有的勇敢與仁慈特質，現在也變得更加顯著。這或許是這個年輕世界的空氣所發揮的效用，也有可能是跟亞斯藍談話所受到的影響，或者兩者皆是。

「哎呀，」羽生跟波莉說悄悄話，「我的老主人就跟我一樣，活像是變了個人似的！真的，他現在是一個真正的主人了。」

「話是沒錯啦，但拜託你不要在我耳朵旁邊呵氣好不好？」波莉說，「癢死了。」

「好，」亞斯藍說，「請你們把那團用樹纏成的東西打開來吧，讓大家瞧瞧裡面關了什麼。」

狄哥里現在才注意到，那兒有四棵長得非常密的樹木，它們的樹枝不是縱橫交叉，就是全都纏到了一塊兒，正好形成一個天然的樹籠。兩頭大象伸出長鼻，幾名小矮人舉起小斧頭，大家一起分工合作，很快就把樹團全部拆開來。裡面共有三樣東西。首先是一棵看來似乎是用黃金打造的小樹，其次是一棵好像是用白銀製成的小樹，但第三樣呢，卻是個穿著一身髒衣服，看起來非常寒酸的邋遢鬼，猥猥瑣瑣地弓背坐在兩棵小樹中間。

「天哪！」狄哥里悄聲喊道，「安德魯舅舅！」

為了要解釋眼前這一切，我們必須把時間稍稍往前推。你應該還記得，那時野獸們試著把他種到土裡，並且替他澆水。當他被水潑醒時，他發現自己渾身濕透，大腿以下全都埋在泥土裡（很快就變成了汙泥），身邊圍了一群他這輩子連做夢都想不到會有這麼多的野獸。他扯開喉嚨開始尖叫哭喊，而這或許並不令人感到意外。在某方面來說，這其實可以算是件好事，因為這終於讓大家（甚至連疣豬也不例外）全都相信他是活的了。於是他們又重新把他挖了出來（他的長褲現在簡直是慘不忍睹）。他的雙腿一獲得自由，他就馬上想要開溜，但大象連忙朝他伸出長鼻攔腰一捲，立刻制止了他的逃亡行動。現在大家都認為，在亞斯藍有空過來看他，並指示該如何處置他之前，他們應該先把他好好關在某個地方。於是他們在他周圍建了一個像是獸欄或雞籠似的東西。接著他們就把他們心目中所有能吃的東西全都拿過來餵他。

驢子收集了一大堆薊草，一股腦兒地全都扔進樹籠裡去，但安德魯舅舅卻好像對它們沒什麼興趣。松鼠們朝他發射一陣陣堅果炮彈，但他只是一個勁兒地抱頭鼠竄。幾隻鳥兒勤奮不懈地在上空往來飛舞，忙著把蟲兒扔到他身上。但最好心的是熊。他在下午找到了一個野蜂窩，這位可敬的生物並沒有把它留下來自己享用（雖然他其實饞得要命），而是把它帶回來給安德魯舅舅吃。熊將那整團黏呼呼的蜂窩往空中一拋，讓它從上方落進圍欄裡去，但不幸地卻啪的一聲，砸到了安德魯舅舅臉上（裡面的野蜂並沒有死絕）。熊自己若是被蜂窩砸到臉，他根本就覺得無所謂，因此他完全無法理解，安德魯舅舅為什麼會跌跌撞撞退向後方，然後腳底一滑朝後栽倒，摔到了地上。最倒楣的是，他正好不偏不倚地坐到了那堆薊草上。「不管怎樣，」就像疣豬所說的，「有不少蜂蜜流進了那個生物的嘴巴，想必對牠還挺有好處的。」他們真的是越來越喜歡他們這奇怪的寵物了，他們很希望亞斯藍會允許他們把牠留下來養。最聰明的一些動物現在已相當確定，安德魯舅舅嘴裡所發出的一些聲音，的確具有某種含義。他們將他命名為「白蘭地」，因為這是他最常發出的聲音。

不過，他們最後還是不得不讓他在樹籠中過了一夜。亞斯藍整天忙著指導新出爐的國王王后，和處理其他更重要的事情，根本沒時間注意到「可憐的老白蘭地」。他靠動物們扔進來的堅果、水梨、蘋果和香蕉，吃了相當豐盛的一頓晚餐，但我們實在不能昧著良心說他度過了愉快的一晚。

「把那個生物拉出來。」亞斯藍說。一頭大象用長鼻將安德魯舅舅捲起來，放到亞斯藍腳邊。他嚇得渾身不能動彈。

「求求你，亞斯藍，」波莉說，「你能不能說些話，讓他——讓他不要那麼害怕？然後你能不能再說些話，叫他以後再也不要回到這裡來了？」

「妳以為他還會**想要**回來嗎？」亞斯藍說。

「可是亞斯藍，」波莉說，「他可能會派別人過來呀。他在看到那根從路燈柱上扯下來的鐵棒，在這兒長成一棵路燈樹的時候，他簡直快要樂歪了，他想──」

「他只是在痴心妄想，孩子，」亞斯藍說，「這個新世界在這幾天中充滿了旺盛的生命力，那是因為，我喚醒它生命的歌聲仍在空氣中縈繞不去，在泥土中蓄勢待發。這樣的情況不會維持太久。但我無法讓這個老罪人明白這一點，而且我也無法使他獲得安慰；他已讓自己變得無法再聽到我的話語了。我若是開口對他說話，他所聽到的也只是咆哮與怒吼。喔，亞當的兒子們，你們實在太善於讓自己避開所有對你們有益的一切！但我仍然會把他目前唯一能夠接受的禮物送給他。」

他帶著相當悲哀的神情垂下他巨大的頭顱，朝魔法師驚恐的面龐吹了一口氣。「睡吧，」他說，「睡吧，脫離一切你為自己設下的所有痛苦折磨，暫時獲得數小時的安寧吧。」安德魯舅舅立刻閉上眼睛，翻身睡倒，並且開始發出平靜的鼾聲。

「把他抬到旁邊，讓他在那兒睡，」亞斯藍說，「現在聽好，小矮人！展現出你們傲人的金屬匠絕活吧。讓我們大家好好欣賞一下，看你們要如何打造出兩頂皇冠，獻給你們的國王與王后。」

一大群比你想像中還要眾多的小矮人，飛快地湧向那株黃金樹。才一眨眼，樹上的葉子就全被拔光，甚至連有些樹枝都不能倖免。而現在孩子們可以看出，它並不只是看起來像是黃金而已，那整棵樹全都是如假包換的柔軟純金。它的種子自然是安德魯舅舅在被吊到半空中時，從他口袋裡掉出來的那些半英鎊金幣；而那棵銀樹的種子則是那些二先令半銀幣。然後彷彿是憑空冒出來似的，他們眼前突然出現了一堆用來當燃料的乾柴、一個小鐵砧，和一些錘子啦、火鉗啦、風箱等金匠工具。在下一刻，（這些小矮人真的是非常熱愛他們的工作！）就出現一幅火焰熊熊燃燒，風箱呼呼作響，黃金嘶嘶熔化，鐵錘叮叮敲打的忙碌工作景象。亞斯藍當天稍早就派了兩隻鼴鼠去四處挖掘，他們此刻將一大堆珍貴的寶石扔到了小矮人腳邊。在這群小金匠靈巧手指的打造之下，兩頂皇冠漸漸塑造成形——那並不是像現代歐洲皇冠那種粗蠢的醜玩意兒，而是一圈輕巧精緻，形狀優美的圓環，既可以讓你舒舒服服戴在頭上，又真的可以使你的外表生色不少。國王的皇冠上鑲著紅寶石，而王后的是綠翡翠。

等皇冠放在河水中凝固冷卻好之後，亞斯藍就讓法蘭克和海倫跪在他面前，由他為他們戴上皇冠。然後他說：「起來吧，納尼亞王國的國王與王后，納尼亞與亞成地群島未來眾多君王的祖先。以公義、仁慈，與勇氣治理天下。你們必將蒙獲祝福。」

然後大家全都或低吠或嘶叫或長鳴或拍翅地歡呼叫好，而那對皇室帝后站在那裡，看起來十分莊嚴，不過卻略帶幾分羞澀，但就是因為這分羞澀，才使他們顯得更加高貴。狄哥里正忙著歡呼，卻突然聽到身邊響起亞斯藍低沉渾厚的嗓音，他說：

「大家看！」

所有群眾一同轉過頭來，而他們全都又驚又喜地深深倒抽了一口氣。他們看到在距離他們不遠處，出現了一棵剛才顯然並不存在，而此刻卻已長得比他們還要高的大樹。它想必是趁大家忙著舉行加冕典禮的時候，以升旗典禮時旗幟爬上旗杆的高速，悄悄地快速茁壯成長。它那伸展的枝椏，在地上灑落下的似乎並不是陰影，反倒像是閃亮的光芒，同時在每一片樹葉下都露出銀燦燦的蘋果，看起來就好像是閃爍的星星一般。不過讓大家全都忍不住深深吸氣的主要原因，事實上並不是這幅美麗的畫面，而是它所飄送出來的芬芳氣息。在那一刻，大家全都渾然忘我地沉醉其中，把一切全都拋到了九霄雲外。

「亞當的兒子，」亞斯藍說，「這棵樹你種得很好。至於你們呢，納尼亞國民，請將守護這棵樹視為你們的第一要務，因為它是保護你們的最佳屏障。我跟你們提過的那名女巫，現在已潛逃到這個世界的『北方』；她將會在那裡存活下來，運用黑魔法使自己日益壯大。但只要這棵樹能夠繼續生長茁壯，她就永遠無法進入納尼亞國土。她不敢踏入那棵樹方圓一百里之內的距離，因為那股讓你們感到歡樂、生命與健康的氣味，對她來說卻代表死亡、恐怖，與絕望。」

大家全都莊嚴地望著那棵樹，亞斯藍忽然轉過頭來（他甩頭時亮麗的鬃毛閃耀出點點金光），用他的大眼睛盯著兩個孩子。「有什麼事，孩子們？」他問道，因為他們剛才那些咬耳朵說悄悄話，用手肘互相頂來頂去的小動作，全都逃不過他的眼睛。

「喔——亞斯藍，先生，」狄哥里說，他的臉漲得通紅，「我剛才忘了告訴你。女巫已經吃了一個像這樣的蘋果了，就跟那棵樹上長出的果子一模一樣。」他並沒有真的把他心裡想的事情全都說出來，但波莉立刻毫不遲疑地代他把話說完（狄哥里向來就比她好面子，害怕在別人面前出醜）。

「所以我們是認為，亞斯藍，」她說，「一定是有哪裡弄錯了，她不可能會害怕這些蘋果的氣味啊。」

「妳為什麼會這麼想，夏娃的女兒？」獅子問道。

「嗯，她都已經吃了一個嘛。」

「孩子，」他答道，「就是因為如此，所以她現在才會害怕其他所有的果子。那些在不當時機，或不循正途摘下並吃下果子的人，都會遭遇到同樣的命運。這果子是很好，但他們在吃下之後，就會永遠對它們感到厭惡了。」

「喔，我懂了，」波莉說，「所以呢，她既然是用不當的方法得到果子，那我想它對她應該沒效。我是說，它應該不會讓她青春永駐嘍？」

「唉，」亞斯藍搖頭表示，「它會的。天地萬物總是會依照各自的天性發揮作用。她已贏得她內心渴望的一切；她現在就跟女神一樣，擁有永不匱乏的力量與永不終止的生命。但內心邪惡的人活得越久，就得忍受越久的苦難，而她現在已經開始了解到這一點了。一切全都如願以償，但他們不一定會因此而感到幸福。」

「我——我自己差點也吃了一個，亞斯藍，」狄哥里說，「那我是不是也會——」

「你也會的，孩子，」亞斯藍說，「因為果子從不會失效——它必然會發揮作用——但它雖然能對那些任意摘取的人發揮效用，卻不能帶給他們幸福快樂。如果有任何納尼亞人，在未獲允許的情況下偷摘了一個蘋果，將它種植在這裡來保護納尼亞國土，那麼它確實可以捍衛納尼亞王國，然而這麼做的話，卻會使得納尼亞變成跟當年的查恩一樣，逐漸發展成一個強大殘酷的帝國，而不是我理想中的和平樂土。女巫是不是還有引誘你做另外一件事，我的孩子？」

「是的，亞斯藍，她要我把蘋果帶回家給我的母親。」

「那麼你應該了解，它的確可以使她痊癒，但你和她都不會因此而感到幸福。未來有一天，當你們回顧過往的時候，你們將會認為當初若是重病而死，還會比目前的情況要好些。」

狄哥里完全說不出話來，一股泫然欲泣的衝動哽住了他的喉嚨，他感到心灰意冷，不再抱有一絲拯救母親的希望，但同時他也了解到，獅子對未來會發生的一切全都了然於心，那時或許會出現一些遠比跟你摯愛的人死別更可怕的事情。但此時亞斯藍又再度開口說話，他的嗓音細如耳語：

「那是當你取用偷來的蘋果，我的孩子，才會發生的事情。但那樣的情形現在已不可能會出現了。我現在要交給你的蘋果，將會帶給你們幸福快樂。它在你們的世界中雖無法使人獲得永生，但卻可以治癒疾病。去吧，去為她從樹上摘一顆蘋果。」

在那一瞬間，狄哥里甚至無法立刻會意過來。整個世界彷彿在剎那間天旋地轉，變得完全上下顛倒內外翻轉。然後，他像夢遊般地朝那棵樹走去，國王與王后在一旁為他喝采，其他生物也全都在替他歡呼。他摘下一個蘋果，將它塞進口袋，然後走回亞斯藍面前。

「求求你，」他說，「我們現在可以回家了嗎？」他忘了說「謝謝你」，但他內心充滿了感激，而亞斯藍完全了解。

# 15

# 這個故事的結束與其他所有故事的開始

納尼亞的樹正在狂烈的西南風中搖晃擺動。

不論是否如此，日後有事實證明，

這棵樹的木材中依然殘留著一絲魔法。

「有我跟你們在一起，你們不需要用到戒指。」他們耳邊響起亞斯藍的聲音。孩子們眨眨眼，打量四周的環境。他們又再度回到了「界中林」，安德魯舅舅躺在草地上，他仍在沉睡，亞斯藍站在他們身邊。

「好，」亞斯藍說，「你們現在該回去了。但首先我要交代你們兩件事；一項警告，和一個命令。看這裡，孩子們。」

他們望過去，看到草地上有一個小洞，底部長滿了青草，顯得溫暖而乾燥。

「你們上次來到這裡的時候，」亞斯藍說，「那個凹洞還是一個水池，當你們跳進去之後，就進入了那個垂死太陽照耀查恩帝國廢墟的荒涼世界。現在水池已經消失了。那個世界也宣告結束，彷彿從不曾存在。讓亞當與夏娃的後裔對此引以為戒。」

「是的，亞斯藍，」兩個孩子都答道。但波莉接著又補上一句，「可是我們沒有那個世界那麼糟糕啊，對不對，亞斯藍？」

「還沒有，夏娃的女兒，」他說，「是還沒有。但你們正逐漸步上它的後塵。我們無法保證，未來你們的族裔不會出現某個惡人，讓他發現到一個跟『可嘆字』同樣邪惡的祕密，並用它來摧毀世上一切生物。過沒多久，快得遠超過你們的想像，甚至在你們兩人尚未老去之前，你們世界中的強國將會由暴君所統治，而他們就像當年的賈迪絲女王一樣，對歡樂、公義，與仁慈完全不屑一顧。讓你們的世界注意避開這樣的命運。那是我要給你們的警告。現在讓我告訴你們我的命令。你們一回到家，就盡快把你們這位舅舅剩下的魔法戒指全都取過來埋在土裡，免得讓別人再去使用它們。」

在獅子述說這段話語的時候，兩個孩子都抬頭凝視著他的面孔。在剎那間（他們一直搞不懂事情到底是怎麼發生的）那張面孔似乎變成了一片波濤洶湧的金色海洋，而他們在其中漂流沉浮，並感到一股甜美無比且巨大充盈的能量在他們四周上下起伏，淹沒他們的全身，注入他們的體內，使他們感到自己過去從來不曾擁有過真正的幸福、智慧，或是美德，甚至沒有真正清醒地活過。而那一刻的記憶，日後將永遠留存在他們心中，因此他們兩人終其一生，每當感到憂傷、害怕，或是憤怒時，所有那如黃金般美好的善良念頭，以及那種它依然存在的篤定感覺，都仍然與他們十分接近，彷彿他們只要繞過某個轉角，或是打開某扇門，它就會重新回到他們心中，使他們在內心深處再次確定，一切依然美好如昔。在下一刻，他們三人（安德魯舅舅現在已醒過來了）就墜入了倫敦城的喧囂、燥熱，與刺鼻的氣息中。

他們站在凱特里家大門前的人行道上，除了女巫、馬兒，和馬車夫已失去蹤影之外，一切全都跟他們離開時一模一樣：缺了一根鐵欄的路燈柱，雙輪出租馬車的殘骸，以及圍觀的群眾。大家仍在喋喋不休地說個不停，還有些人蹲在受傷的警察邊，七嘴八舌地叨唸一些「他醒來了。」或是「你現在覺得怎麼樣呀，老兄？」或是「救護車馬上就到了。」之類的話。

「天哪，」狄哥里心想，「我看這整場冒險行動根本連一秒都沒用到。」

大部分人都在東張西望，忙著搜尋賈迪絲和馬兒的蹤跡。沒有一個人注意到這兩個孩子，既沒人看到他們消失，也沒人發現到他們又重新回到原處。至於安德魯舅舅呢，他那身慘不忍睹的髒衣服，和滿臉黏呼呼的蜂蜜，以至於根本就沒人能認得出他是誰。幸好房子的大門是敞開的，女僕正站在門前忙著看熱鬧，（這女孩今天過得實在是太愉快了！）因此孩子們毫不費力地趕在有人質問他們之前，就慌忙把安德魯舅舅拉進屋裡。

他一馬當先地跑在他們前面衝上樓梯，他們起初非常害怕他是想直接跑到閣樓，把他剩下的魔法戒指全都藏起來。但他們其實不用感到擔心。他心裡惦記的其實是他藏在衣櫥裡的酒瓶，因此他立刻奔進他的臥室，把自己鎖在房裡。當他再度從房中走出來時（沒過多少時間），他已經換上睡袍，並直接走向浴室。

「妳去拿其他戒指好嗎，小波？」狄哥里說，「我想去找我的母親。」

「沒問題。待會兒見。」波莉邊說邊乒乒乓乓地衝上閣樓樓梯。

接下來狄哥里先花了一分鐘時間，讓自己的呼吸平穩下來，然後他輕輕走進他母親的房間。她躺在那裡，就像他過去無數次所看到的情景一樣，她靠在豎起的枕頭上，露出一張蒼白瘦弱的臉，使你一看就忍不住想要流淚。狄哥里從口袋中掏出那顆生命之果。

就像女巫賈迪絲在我們的世界中，看起來跟在她自己的世界裡大不相同一般，這顆來自於那座山頂花園的蘋果此刻也顯得很不一樣。臥室裡自然有許多色彩鮮豔的物品：床上的彩色床罩、牆上的壁紙、從窗口透進來的陽光，以及母親身上那件美麗的淡藍色睡袍。但狄哥里一從口袋中取出蘋果，其他所有物品似乎全都在剎那間顯得黯然失色。一切看起來全都變得灰灰暗暗的，甚至連陽光也不例外。閃亮的蘋果在天花板上灑落下奇異的光輝。跟這顆蘋果一比，其他一切全都變得不值一看，你根本無法將目光自它身上移開。而這青春之果那股無比美妙的氣味，就彷彿像是在這房間中開了一扇通往天國的窗。

「喔，親愛的，太美了。」狄哥里的母親說。

「妳把它吃下去，好不好？求求妳。」狄哥里說。

「我不曉得醫生會怎麼說，」她答道，「但說真的——我幾乎可以感覺到，我真的可以把它吃下去。」

他削掉果皮，再將它切開，一片一片地餵她吃下去。她才剛吃完蘋果，就露出微笑，頭往後一仰，躺在枕頭上睡著了：這次她完全不用借助任何討厭的藥物，自然安詳地沉入香甜的睡夢中，而狄哥里知道，這是世上她最渴望能獲得的禮物。而且他現在已相當確定，她的氣色看來稍稍好轉了一些。他俯下身來，輕輕吻了她一下，帶著一顆怦怦狂跳的心悄悄離開房間。在接下來的一整天，每當他望著周遭的事物，看到它們是如此平凡無奇，不帶一絲魔幻色彩時，他實在不敢懷抱任何希望，但是當他回想起亞斯藍的面孔時，他心中就又重新燃起了希望。

第二天早上，當醫生前來例行出診時，狄哥里趴在樓梯欄杆上專心傾聽。他聽到醫生跟莉蒂阿姨一起走出房間，說：

「凱特里小姐，這是我行醫生涯中最驚人的一個病例。這簡直——這簡直就像是一個奇蹟。我目前還不打算跟那個小男孩多說什麼；我們並不想讓他空歡喜一場。但就我個人看來——」然後他的聲音就變得非常小，再也聽不清了。

當天下午，他走到院子裡，按照約定吹口哨跟波莉打暗號（她那天一直都沒辦法再出來找他）。

「情況還好吧？」波莉的頭從牆後冒出來，「我是說，你母親現在怎樣？」

「我想——我想應該會好轉吧，」狄哥里說，「但妳不介意的話，目前我還不太想談這件事。那些戒指呢？」

「我全都拿到了，」波莉說，「你看，我戴了手套，這樣就沒問題了。我們把它們埋起來吧。」

「好啊，走吧。我昨天在我埋蘋果核的地方做了個記號。」

然後波莉就爬過牆去，兩人一同前往埋果核的地方。但結果他們發現，狄哥里根本沒必要在那裡做記號。地上已經有東西長出來了。它並不像納尼亞新生的樹木那樣，在你面前迅速成長茁壯，但它現在已經長得相當高了。他們找了一把移植泥刀，把包括他們自己戒指在內的所有魔戒，在樹周圍排成一個圓圈埋到土裡。

大約過了一個星期之後，大家已可以確定，狄哥里的母親開始逐漸好轉。兩個星期之後，她已經可以坐在院子裡透透氣了。一個月之後，整棟房子的氣氛已變得煥然一新。莉蒂阿姨盡一切努力來討狄哥里母親歡心：敞開窗戶，拉起霉臭的窗簾，房間頓時顯得明亮許多，屋中到處都擺滿了新摘的鮮花，食物變得可口多了，舊鋼琴重新調好音，母親又重新開始歌唱，並且成天跟狄哥里和波莉玩在一塊兒，讓莉蒂阿姨忍不住說：「梅貝兒呀，我看妳簡直就是個孩子王嘛。」

當事情出了差錯時，你會發現往往有段時間情況會變得越來越糟，但一旦開始好轉，接下來通常只會越變越好。這種愉快的生活大約過了六星期之後，他們收到了一封父親從印度寄來的長信，信中透露一些令人振奮的好消息。寇克老叔公去世了，而這就意味著，父親現在變得非常富裕。他打算退休，從今以後與印度永遠告別。那棟狄哥里聞名已久，但卻無緣親眼目睹的鄉下大宅院，現在將會成為他們的新家；那是一棟有著盔甲、馬廄、狗屋、河流、公園、溫室、葡萄園、樹林，屋後還有著綿延山巒的大房子。因此你可以跟狄哥里一樣確定，他們一家人從此以後必然會過著幸福快樂的日子。

但也許你還想知道一、兩件事。

波莉和狄哥里兩人一生都是非常要好的朋友，每逢假日她幾乎都會到他們位於鄉下的美麗住宅；而她就是在那裡學會了騎馬、游泳、擠牛奶、烘蛋糕，和爬山。

在納尼亞王國中，野獸們度過了一段快樂的太平歲月，在此後長達數百年的時間中，女巫或是其他任何敵人，都不曾來侵擾這片樂土。法蘭克國王和海倫王后，以及他們的孩子們，全都在納尼亞過著幸福快樂的生活，而他們的次子也成為亞成地的國王。男孩娶精靈為妻，女孩嫁給樹神與河神。女巫（在不知情情況下）種下的路燈柱，在納尼亞森林中日夜不停地照亮，因此隨著口耳相傳，路燈所在的地點也開始被命名為「燈野」；而在多年之後，當另一個孩子從我們的世界進入納尼亞王國時，她將會發現燈光依然不曾熄滅。而她的冒險故事，跟我剛才對你們所述說的故事，多多少少有幾分關聯。

事情是這樣的：狄哥里在他家後院種下的蘋果核所長出的樹苗，日後順利存活下來，並長成了一棵美麗的樹。由於它是在我們世界的土壤中成長，遠離亞斯藍的嗓音，遠離納尼亞青春的空氣，因此它所結出的蘋果，並不像當年治癒狄哥里母親的果子一樣，具有使一名垂死女子恢復健康的神奇力量，但它所結出的果子，卻比全英國所有蘋果都要美麗許多，同時它雖然沒有神奇的魔力，卻仍對你的身體極為有益。不過在那棵樹的內裡，在它的汁液深處，它（這麼說吧）卻從來不曾遺忘納尼亞王國中另一棵它曾經屬於過的樹木。有時它會在無風的時候神祕地晃動；我想在這種情況發生時，納尼亞必然正遭受強風吹襲，而這株位於英國的樹之所以會微微顫動，完全是因為就在那一刻，納尼亞的樹正在狂烈的西南風中搖晃擺動。不論是否如此，日後有事實證明，這棵樹的木材中依然殘留著一絲魔法。因為當狄哥里開始步入中年（那時他已成為一名學者，一位教授，同時也是一個偉大的旅行家），並成為凱特里家老屋的主人時，一場激烈的暴風雨侵襲整個英國南部地區，而這株樹也不幸被狂風吹倒。他不忍心就這樣把它劈碎來當柴燒，因此他將部分木材製成了一個衣櫥，放在鄉下的大房子裡。他自己雖沒發現那個衣櫥的魔法特質，卻有其他人發現了它的功能。而那就是納尼亞王國與我們世界所有來往互動的開始，你們將可以在其他幾集中讀到這些事蹟。

當狄哥里和他的家人搬到鄉下的大房子去住時，他們把安德魯舅舅也一起帶了過去，因為狄哥里的父親說：「我們得想辦法看住這個老傢伙，免得他再去為非作歹，而且老是把他扔給可憐的莉蒂也不太公平。」安德魯舅舅終其一生都沒再碰過魔法。他已得到教訓，而他在年老以後，人變得較為善良可親，不再像過去那麼自私自利了。但他老是喜歡把訪客帶到撞球室，對他們述說他當年跟一名疑似外國皇族的神祕女士，駕車在倫敦四處巡遊的故事。「她脾氣壞透了，」他總是這麼說，「但她長得可真是漂亮，先生，漂亮得不得了哪。」

# 納尼亞傳奇

## 全紀錄

《納尼亞傳奇》原著小說在地球上
銷售超過 100,000,000冊

英國年度票選　打敗哈利波特
榮登最佳讀物第一名

被翻譯41種以上的語言，
在大人與孩子的讀書計畫中掀起閱讀風潮

**★重量推薦**

【空中英語教室及救世傳播協會創辦人】彭蒙惠
【靈糧神學院院長】謝宏忠牧師
【名作家】楊照
【名譯者】倪安宇
【基督之家】寇紹恩
【兒童文學作家】林良
【兒童文學工作者】幸佳慧

**★攻占各大排行榜**

2005 博客來網路書店百大
2005 誠品書店年度童書暢銷排行榜
2006 英國圖書館館長票選必讀童書第一名
2008 英國 4000 名讀者每年年度票選最佳讀物第一名

**★全球票房保證電影改編**

2005 年 12 月《獅子 · 女巫 · 魔衣櫥》改編電影上演
2008 年 6 月《賈思潘王子》改編電影上演
2010 年 12 月《黎明行者號》改編電影上演

航向納尼亞傳奇 4：魔號角

## 賈思潘王子

賈思潘王子萬不得已吹響柯內留斯博士交給他的魔法號角，
彼得、蘇珊、愛德蒙和露西前一分鐘還坐在火車站月台上，
下一分鐘，四個人全被召喚回到納尼亞王國，
他們一心要拯救古納尼亞王國，
但是米拉茲國王和台爾瑪大軍步步逼近……

航向納尼亞傳奇 5：魔幻島

## 黎明行者號

黎明行者號航經七個小島，尋找被放逐的七個勳爵；
第一島多恩島，露西愛德蒙都成了奴隸販的階下囚；
第二島龍島，尤斯提睡了一覺竟變成了巨龍；
第四島聲音之島，無法解除醜陋的魔咒；
第五島黑暗之島，在這裡不管惡夢好夢都會成真；
第六島世界盡頭之島，第七島……走向天空之門，
那是淚水和希望之島……

航向納尼亞傳奇 6：真名字

## 銀椅

姬兒、尤斯提和泥桿兒墜落到不見天日的地底世界，
綠衣女巫的琴弦彈奏魔法對銀椅上的瑞里安王子說：
沒有納尼亞，沒有納尼亞……
亞斯藍告訴姬兒妳必須記住四項指引……

航向納尼亞傳奇 7：真復活

## 最後的戰役

一千年前以亞斯藍之名的召喚回到納尼亞的七位王者，
進入遜里安的夢境，他們要扭轉混亂廝殺的局面，
要進入一個嶄新的藍天——納尼亞中的納尼亞……

納尼亞傳奇 101

魔法師的外甥（恩佐插畫封面版）

作　者｜C・S・路易斯
譯　者｜彭倩文
出　版　者｜大田出版有限公司
台北市一〇四四五中山北路二段二十六巷二號二樓
E-mail｜titan@morningstar.com.tw　http：//www.titan3.com.tw
編輯部專線｜（02）2562-1383　傳真：（02）2581-8761

總　編　輯｜莊培園
副總編輯｜蔡鳳儀
行銷編輯｜張筠和
行政編輯｜鄭鈺澐
編　　輯｜葉羿妤
校　　對｜黃薇霓
封面設計｜王志峯
內頁設計｜陳柔含

初　　版｜二〇一九年十一月一日　定價：二五〇元
三版三刷｜二〇二三年十月十一日

購書E-mail｜service@morningstar.com.tw
網路書店｜http://www.morningstar.com.tw（晨星網路書店）
讀者專線｜04-23595819＃212　傳真：04-23595493
郵政劃撥｜15060393（知己圖書股份有限公司）
印　　刷｜上好印刷股份有限公司
國際書碼｜978-986-179-573-7　CIP：873.59/108014331

填回函雙重禮
① 立即送購書優惠券
② 抽獎小禮物

國家圖書館出版品預行編目資料

魔法師的外甥／C・S・路易斯著；彭倩文譯．
——初版——臺北市：大田，2019.11
面；公分．——（納尼亞傳奇；101）
ISBN 978-986-179-573-7（平裝）

873.59　　108014331